S

BURKHARD SPINNEN
TROST UND RESERVE

SCHÖFFLING & CO.

Erste Auflage 1996

Satz: Reinhard Amann, Aichstetten
Druck & Bindung: Pustet, Regensburg
ISBN 3-89561-032-1

INHALT

GUTACHTEN

SPÄTFILM

DIE INSEL

NICHTS BESTIMMTES

KIOSK

Unglück über den Wolken

Bei einem Segelschulungsflug hoch über der Rhön geschah es, daß der Fluglehrer unvermittelt einem Herzschlag zum Opfer fiel. Der Schüler auf dem Vordersitz, dessen erste Flugstunde es war, besaß nun gerade soviel an theoretischer Kenntnis, daß er sich die Gesetze des Segelfluges vergegenwärtigen konnte; aber er wußte: für jedes andere Steuern als das geradeaus fehlte ihm die Praxis, und käme der Segler nur einmal in eine heikle Lage, dann wäre er verloren. Nichts also konnte er tun, als den Steuerknüppel so sanft wie eben möglich zu drücken, worauf richtig die Maschine, wie er es vorhergesehen hatte, an Höhe verlor und an Fahrt gewann.

Sie waren, wie gesagt, hoch, und der Flugplatz unter ihnen nur in mörderischem Sturzflug zu erreichen. Also ging es fort über Land. Bald schon kam die Erde näher; und als sie sich auf dem Strich, auf dem zu landen gewesen wäre, als völlig ungeeignet erwies, von Häusern und Wäldern überzogen, reichte doch zum Glück die Geschwindigkeit aus, wieder aufzusteigen.

Das ging lange so. Ab und auf. Bei jedem neuen Aufstieg machten sie weniger Höhe als beim letzten, und also sank, zur Erleichterung des Flugschülers, beim folgenden Anflug erdwärts die Fahrt; doch zu seiner Verzweiflung endeten sie nicht, die Fabriken und Seen, die Supermärkte und Tennisplätze, die Schrebergärten und die permanent querenden Straßen mit ihren Leitplanken, Mittelstreifen und Böschungen. Irgendwann fiel die Leiche des Fluglehrers in sich zusammen; der Gurt hielt sie, sonst wäre sie auf den Knüppel gesackt.

Einmal, mußte sich der Flugschüler sagen, würde es das letzte Mal sein. Dann wäre keine Kraft mehr da, aufzusteigen, die Erdschwere egalisierte das letzte an Auftrieb; dann müßten sie, ob er wollte oder nicht, landen. Und als das schließlich geschah, da waren sie sage und schreibe tatsächlich erstmals fernab aller Bauten und Menschen, über einem Feld, auf dem mannshoch der Mais stand. Der Rumpf glitt zuerst über die prallen Kolben, dann tauchte er ein, und die dünnen Tragflächen schlugen die Halme entzwei, bis derart aufgehalten der Segler, ohne den Boden zu berühren und unbeschädigt, auf den Stoppeln zu liegen kam. Nur schlugen dem Flugschüler, da er in Panik die Kanzel geöffnet hatte, Kolben und brechende Halme mehrfach hart an den Kopf.

Dieses Ereignis machte Schlagzeilen. Und war auch der Fluglehrer verloren, nannte man doch nicht zu Unrecht den Schüler ebenso besonnen wie glücklich. Er habe, sagte er immer wieder, wenn sie fragten, die ganze Welt unter sich liegen sehen wie eine ungeheuer vertrackte Landebahn. Das wurde notiert.

Aus aller Welt

Ein 83jähriger irrt, nachdem er, leicht angetrunken, eine Gesellschaft von Senioren während eines Sommerausflugs verlassen hat, um sein Wasser abzuschlagen, zwei Tage und zwei Nächte lang durch dichtes Unterholz. Endlich gefunden, wird er, schwer entkräftet, in eine Krankenstation gebracht; doch schon nach kurzem Aufenthalt dort übersiedelt er wieder ins Altersheim. Und da heißt es natürlich erzählen.

Die erste Nacht, die bald hereingebrochen war, hatte der 83jährige noch fast heiter und mit der Suche nach den Gefährten verbracht. Ihre Namen rufend war er durch den Wald gegangen; manchmal glaubte er, ein Licht zu bemerken, aber näher herangekommen, stellte sich alles als Täuschung heraus. Schließlich legte er sich, fast sorglos, ins weiche Moos. Da erwies sich der Wald als voller Geräusche; trockenes Holz brach, als schritten große Tiere darüber, kleine Schreie markierten die Spuren der Räuber. Und Vögel gab es, die sangen die ganze Nacht!

Früh am Morgen erst eingeschlafen, erwachte der alte Mann gegen Mittag des zweiten Tages. Hungrig und sehr durstig ging er weiter in die erstbeste Richtung; und bald standen die Bäume und Sträucher so dicht, daß ihm, da er längst die nötige Kraft verloren hatte, buchstäblich jeder Schritt zur großen Anstrengung wurde. Einmal fiel er beinahe in einen Graben, den das alte Laub vollkommen verdeckte. Ganze Stunden verbrachte er an einer Stelle, auf einer Wurzel etwa, die aus dem Boden ragte, oder an einen Stamm gelehnt, von dem das Harz auf große Farne tropfte. Daß alles Rufen jetzt sinnlos wäre, war ihm so klar wie, daß schon wenige Meter weiter Hilfe warten könnte.

Nur aus Zufall begann er schließlich zu singen, alle Lieder, die er kannte, und als ihm bald keine neuen mehr einfielen, wieder und wieder dieselben, die meisten aus seiner Zeit als Soldat. Bisweilen legte er dabei die Hände in den Nacken, bog den Kopf zurück und schaute, wie hoch über den höchsten Baumgipfeln, da, wo sie einander ausnahmsweise nicht berührten, die Wolken zogen. Kurz vor dem dritten Abend fanden ihn Holzarbeiter in dieser Stellung.

Meldung

Gemeldet wird: eine Mutter habe, nachdem vor ihren Augen ihr Kind, anderthalb Jahre alt, von einem anfahrenden Lieferwagen überrollt worden war, dessen Fahrer, einen Mann von neunundsechzig Jahren, angegriffen und mit einem Werkzeug schwer geschlagen.

Man muß sich das vorstellen! Daß die Mutter so nahe stand, um verfolgen zu können, wie die Räder des Lieferwagens das leichte Hindernis des Kinderkörpers hatten nehmen können; daß darauf der Fahrer, der alte Mann, wissend oder wenigstens ahnend, was geschehen, das Fahrzeug verließ; wie die Mutter vermutlich ihm, dem Fahrer, das Werkzeug entriß oder es mindestens aus dem Wageninneren nahm; und wie sie, schreiend oder fluchend oder heulend, damit auf den alten Mann einschlug.

Polizei ist gekommen, ja, sicher! Natürlich auch der Notarztwagen; wer glaubt ein Kind schon tot! Und den kleinen Körper unter dem Wagen hervorgezogen, haben sie wahrscheinlich den blutenden Alten verbunden und haben, hinweg über das Geschrei, über den Aufstand, alles zu Protokoll genommen, die Mutter erst gehalten, dann ruhig gestellt, mit Medikamenten, die Personalien aufgenommen und, falls nötig, den Platz gesichert.

Soweit vielleicht. Darüber hinaus ist alles Spekulation. Doch die Meldung gelesen, sorgfältig, vielleicht sogar ein zweites Mal, ist immerhin Zeit vergangen; und heißt es nicht, Zeit heilt alle Wunden? Wenigstens aber sind sie getrennt, vorerst auf lange: der kleine überrollte Körper, die Mutter, die schlug, und der alte Mann, neunundsechzig Jahre, der geschlagen wurde.

Blinder

Im fernen Australien ist einer, der in jungen Jahren sein Augenlicht verloren hatte, mit etwa fünfunddreißig wieder sehend geworden. Allein, er hielt es lange geheim. Vertraut mit der Blindheit, vermochte er es einzurichten, daß ihm keiner auf seine Fähigkeit kam, daß überhaupt alles unverändert und er selbst im Genuß seiner Rechte und Vorzüge blieb. Er hatte weiterhin einen, der für ihn sorgte und der ihm die schwierigsten Gänge abnahm, er erhielt eine Rente, und seine Arbeit in der Blindenbibliothek galt von je her mehr als Angebot denn als Pflicht. Auf fliegt alles erst, als er, was ein Blinder nie vermocht hätte, ein Kind davor bewahrt, von einem steuerlosen Wagen überrollt zu werden.

Was der Mann in den Jahren bis dahin ansonsten getan hat, bleibt, da er niemals darüber spricht, im dunkeln. Er soll, dahin gehen Vermutungen und Gerüchte, unter dem Schutz seines ausgewiesenen Mangels kleinere Diebstähle begangen haben; in der Bibliothek habe er Blinde in verfängliche Situationen gebracht; anderswo, zum Beispiel im Bus, habe er sich Frauen auf bedenkliche Weise genähert. Und es ist auch die Rede von etlichen mutwilligen Zerstörungen, die seinerzeit verständlicherweise als Unfälle gegolten hatten.

Freilich sagt keiner ein lautes Wort. Ausgezeichnet für seine Rettungstat, wird der Mann vielmehr, mit seinem Einvernehmen, der Forschung überstellt; tatsächlich trägt die Untersuchung dieses unerhörten Phänomens viel zum Fortschritt der Wissenschaft bei. Und eine Zeitlang sind davon alle Blätter voll.

Kiosk

Ein Mann, dessen beruflicher Werdegang früh unglücklich beendet scheint, kauft sich mit dem Abstand, den er noch erhalten hat, in einen Kiosk ein. Den betreibt er auch anfangs nach allen ökonomischen Regeln; und da es ein eingeführtes Geschäft ist und er trotz seiner Mißgeschicke kein menschenfeindlicher Charakter, ernährt es ihn und seine Familie mehr recht als schlecht.

Doch nach etwa einem halben Jahr beginnt der Mann, unter der Anwesenheit des vielen Lesestoffes zu leiden. Und hat er bis dahin nur gelegentlich, wenn wenig Kundschaft ist und eher aus Langeweile, in einigen ausgesuchten Magazinen geblättert, so ist er nun davon besessen, alles, was im Tages-, Wochen- und Monatsrhythmus in seine Regale und über seinen Tresen und in Unmengen zurück an den Grossisten geht, von der ersten bis zur letzten Zeile zu lesen.

Anfangs vermag er damit noch zu erheitern oder wenigstens zu überraschen, so wenn er den Kunden Hinweise auf weitere einschlägige Zeitschriften gibt oder aber vor dem Kauf preiswerter, jedoch bloß zusammengeschnittener Sonderausgaben warnt. Und geradezu beliebt sind eine Weile seine Blütenlesen aus besonders abgelegenen Publikationen. Aber bald ist alles kein Spaß mehr. Und schließlich geht der Mann abends nach Ladenschluß nicht einmal mehr gleich nach Hause, schließt sich hingegen in seinem Kiosk ein und liest bis tief in die Nacht.

Verrückt, heißt es, im landläufigen Sinne, sei der Mann nicht geworden. Aber natürlich geht das Geschäft auf die Dauer zugrunde. Denn niemand mag während der Öffnungszeiten den lesenden Mann hinter dem Tresen mehr sehen; und ganz besonders ist zur Nachtzeit der erleuchtete Kiosk mit der Silhouette des Lesers zwischen den Ständern und Regalen allen Passanten ein Greuel.

Bürgerkrieg

Im Keller eines zerschossenen Hauses an der neuen Grenze sitzen einander gegenüber ein ausgemergelter, kränklicher Mann in Lumpen und der Offizier einer Sondereinheit, an dessen Uniform die Rangabzeichen fehlen. Der Ausgemergelte hat in dem Offizier denjenigen erkannt, den er vor drei Monaten bei einem Zwischenhalt auf dem Transport in den Osten um Wasser bat und der daraufhin seine Frau erschoß und seinen Sohn, einen Säugling, an den Füßen packte und gegen den Waggon schlug, daß ihm der kleine Kopf geplatzt war.

Jetzt hat der kränkliche Mann eine Waffe in seiner Hand; und der Offizier ist gefesselt. Beide sprechen sie nicht. Seit Tagen sind sie hier unten, jeden Abend scheint die Sonne ein wenig länger durch die Ritzen in der zerbrochenen Decke. Von Tag zu Tag werden auch die Stimmen oben lauter, Fahrzeuge sind wieder zu hören; doch noch immer ist dem Mann in Lumpen nicht eingefallen, was er tun könnte, sich wirklich zu rächen. Auf was er auch sinnt, Tag und Nacht, es muß ihm einfach verschwindend erscheinen vor dem, was der gegenüber ihm angetan hat.

Schließlich, da ruft man sogar schon nach ihnen und von oben werden Stangen durch die Ritzen geschoben, preßt der ausgemergelte Mann seinen Kopf, Mund an Mund, auf den des Offiziers und schießt sich von hinten durch den Hals. Allein, die Kugel entfährt ihm beinahe mit letzter Kraft zwischen den Zähnen und bleibt dem anderen bloß im Gaumen stecken. Bis freilich die Helfer, vom Schuß endgültig alarmiert, in den Keller gelangen, erstickt er am Pulverdampf und am Blut.

Berühmtheit

In einer großen amerikanischen Stadt lebte ein Mann, der von klein auf überzeugt war, er sei etwas Besonderes und er müsse unweigerlich einmal sehr berühmt werden. Seine Überzeugung war so stark, daß er schon seit jungen Jahren praktisch nichts anderes tat, als sich auf diese Berühmtheit vorzubereiten.

Man kann das. Der Mann zum Beispiel lernte keinen bestimmten Beruf, heiratete nicht und bildete sich kaum je eine Meinung. Und zwar aus Sorge, dergleichen könnte ihm später im Weg stehen. Er schlug sich nur so durch; schließlich, vielleicht mit dreißig, tat er gar nichts mehr, aus Angst, durch eine Unaufmerksamkeit seine beste Chance zu verspielen. Meistens ging er den ganzen Tag durch die Stadt. Am Ende legte er sogar, für sich, seinen Namen ab.

Jetzt kommt die Geschichte! Eines Tages brach in einem Kaufhaus, in dem der Mann sich gerade befand, ein Brand aus, im dritten Stock oder höher. Der Aufzug war blockiert, die Rolltreppe stand in Flammen. Eine Gruppe von Kunden wurde abgeschnitten; und der Mann war der einzige unter ihnen, der stark genug gewesen wäre, eine Tür zum Treppenhaus hin aufzubrechen. Aber er tat es nicht. Warum? Ganz einfach. Weil er fürchten mußte, das könnte ihn berühmt machen. Und zu was in aller Welt taugt ein Mann noch, der ein Dutzend Menschen aus einem brennenden Kaufhaus gerettet hat? – Richtig, zu nichts taugt er! Es ist eine Lappalie, am nächsten Tag stünde es in allen Zeitungen und am übernächsten wäre es vergessen. Dabei klebte es an ihm; abgestempelt wäre er fürs Leben. Der Mann hatte keine Wahl, er mußte weiter warten.

Natürlich verbrannte er. Die anderen wurden gerettet; jedenfalls die meisten, heißt es.

Aufzeichnung

Ein Mann um die Fünfzig, der eines Abends, aus Gründen, die hier nicht zur Debatte stehen, urplötzlich starb, hinterließ ein kleinformatiges Tonband. Man fand es gleich nach seinem Tod, spielte es ab, und bald stand fest: seinen ganzen Todestag über und vollkommen gegen seine Gewohnheit mußte der Mann ein Diktaphon bei sich getragen und es gelegentlich eingeschaltet haben. So hörte man ihn auf dem Band zum Beispiel mit einem Tankwart sprechen, mit einer Frau im Büro, einmal lief weit im Hintergrund Musik, wie in einem Supermarkt; und gelegentlich, wenngleich kurz, sprach der Mann auch direkt ins Mikrophon. Was er dann sagte, ergab keinen zusammenhängenden Sinn.

Die Hinterbliebenen hörten wieder und wieder das Band. Jetzt sitzt er im Wagen, sagte die Frau. Jetzt schaltet er das Autoradio ein, sagte der ältere Sohn. Jetzt pfeift er, sagte der jüngere, und die beiden kleinen Töchter weinten still vor sich hin. Dabei wurde das ohnehin schlechte Band von Mal zu Mal schlechter; und irgendwann beschloß die Familie schon aus diesem Grund, es in Ruhe zu lassen. Das Diktaphon wurde nie gefunden.

SERIENTÄTER

Preisfrage

Jetzt mal etwas für angehende Juristen. Oder meinetwegen für gestandene. Spielt keine Rolle. Jeder kann mitmachen. Also, verhandelt werden soll: Eine 62jährige (nähere Angaben zur Person auf Wunsch) will ihrer Tochter (35) untersagen lassen, daß sie weiterhin in ihrer, der Tochter, Wohnung und dort besonders in Gegenwart der Enkel, zweier Mädchen von, sagen wir sieben und neun, unmäßig, ja praktisch pausenlos rauche. Vorgeschichte wie folgt: Ausgelöst durch ein chronisches Atemwegsleiden beider Kinder lange Streitgespräche zwischen Mutter und Tochter, Tenor: Du bist an allem schuld. (Übrigens mischen sich Vater und Schwiegersohn, beide Nichtraucher, zu keiner Zeit ein. Was vielleicht aber gar nichts zur Sache tut.) Schließlich, nach vielem Hin und Her, verbleiben Mutter und Tochter derart, daß Kinder- und Wohnzimmer ab sofort rauchfreie Zonen seien und nur in Küche und Schlafzimmer, die ja am besten zu lüften seien etc., geraucht werden dürfe. Geht auch eine Zeitlang gut. Doch kurz vor Weihnachten (oder anderer hoher Feiertag), bei einem unangemeldeten Besuch der Mutter, bricht die Tochter demonstrativ die Vereinbarung; schrecklicher Eklat und ab mit der Sache vors Gericht!

Zur Beweisaufnahme: Während all dessen hat sich der Zustand der Mädchen weder verschlimmert noch gebessert. Ein Zustand beiläufig, wie er vielfach anzutreffen ist, ein gewisser Hang zu Katarrhen, dauernd eine leichte Rauhigkeit des Halses (gelegentlich nur fiebrige Infekte). Das sei, so bezeugen es die Gutachter, in ständiger Behandlung unter Kontrolle zu halten und schwer auf eine einzige Ursache zurückzuführen. Der Mutter andererseits, da sie beteuert, sie werde, wenn sie nicht mehr rauchen könne, wo und wann immer sie wolle, eßsüchtig (wahlweise auch Depression oder manische Umtriebigkeit), können dieselben Gutachter die Wahrheit solcher Behauptungen nicht glattweg absprechen.

So. Jetzt sind Sie dran! Knifflige Sache, nicht wahr? Kleine Hilfe: sind außer den Grundrechten auf freie Entfaltung der Person und Unverletzlichkeit der Wohnung andere beizuziehen? (Wenn ja, welche?) Was bringen Einvernahme von Vater und Schwiegersohn? Was malt sich auf den Gesichtern der Mädchen (jetzt endgültig sieben und neun)? Und überhaupt: widerstrebt es Ihnen am Ende, hier Buchstabe für Buchstabe Recht zu sprechen? Sähen Sie lieber die Angelegenheit mit einem Satz vom Tisch? Und wenn das noch nicht hilft: Rauchen Sie selbst? (Wenn ja: Was? Wieviel? Ungefähr.)

Schnüre

Ein wegen verschiedener Delikte lebenslänglich einsitzender Mann entdeckt aus Zufall sein Vergnügen daran, lange, stark verschlungene und verknotete Schnüre, wenn es sein muß in stundenlanger Arbeit, aufzudröseln und sie schließlich sauber auf eine Rolle zu wickeln. Bei der Arbeit in der Anstaltsschreinerei ergibt sich auch tatsächlich hin und wieder dieser Fall, doch fast umgehend wird aus dem Vergnügen eine Sucht; und bald bittet der Mann sogar förmlich bei der Direktion, man möge für ihn verknotete Schnüre herbeibringen oder, falls nötig, anfertigen lassen.

Nachzutragen ist, daß der Mann trotz der Schwere seiner Taten nie als bösartig galt. Er hatte unterschlagen und hinterzogen, betrogen und geprellt, mit der Zeit um ganz erhebliche Summen, und eines Tages, als man ihm auf die Schliche kam, seinen Geschäftspartner, mag sein schon halb in Notwehr, erschlagen. Doch wer ihn kannte, konnte ihn schwerlich ganz aufgeben. Und da seine Führung immer gut gewesen war, beauftragte die Direktion tatsächlich einige andere Häftlinge damit, die sauber aufgewickelten Schnüre wieder abzuwickeln, zu verschlingen und zu verknoten, worauf sie dem Mann in seine Zelle zurückgestellt wurden. Der saß dann dort, oft unerlaubt beim Schein einer abgeblendeten Lampe bis weit in die Nacht, die Knoten lösend und dabei nichts zur Hilfe nehmend als seine Finger, deren Nägel er sich auf unterschiedliche Weise so geschnitten und gefeilt hatte, daß jeder von ihnen dabei eine besondere Aufgabe übernahm.

Vergleichsweise langsam machte dieser Umstand in den Zellen die Runde. Es heißt, erst nach einem Jahr sei allen klar gewesen, was da geschah! Und dann dauerte es wieder, bis sich andere Häftlinge freiwillig zum Verschlingen und Verknoten meldeten und bis endlich einer von denen es weitersagen ließ: er wette darauf, seine Verknotung könne nicht und von niemand gelöst werden. Nun war die Sache in aller Munde. Man legte Regeln fest, die etwa besagten, daß nicht grobe Kraft beim Zuziehen der Knoten angewendet werden dürfe, sondern einzig Raffinesse. Die Länge der Schnur blieb immer die gleiche, und nur die Zeit, die der Mann besaß, war nicht recht zu begrenzen, da die Tagesabläufe wechselten. Die ausgesetzten Gewinne schließlich waren die für eine Anstalt üblichen; und da die Direktion jenen Wettbewerb gewissermaßen schweigend duldete, waren es sogar die harmlosesten Dinge wie Schokolade, Zigaretten und Zeitschriften, allenfalls Zahnbürsten oder irgendein Nippes.

Der Mann aber gewann immer. Und selbst dann noch, als er begann, von sich aus die Zeit zu beschränken. Wer ihm zusah, mochte es kaum glauben. Da liegt vor ihm auf dem Tisch in der Zelle ein Knäuel so groß wie ein Kinderball. Ein loses Ende sieht ein wenig hervor; lange nimmt der Mann es nicht, dann greift er es vorsichtig mit zwei Fingern der Rechten und legt dem Knäuel die Linke auf; er zieht leise, und es scheint, als fühle er, wo im Inneren es ihm antworte. Bald darauf sind seine beiden Hände von der Schnur umgeben. Jetzt geht er dem Ende nicht mehr nach, vielmehr dehnt und weitet er das ganze Gebilde, und schon bohren sich seine Nägel in die ersten Knoten. Kurz darauf scheint es, als sei er geradezu gefesselt, dann plötzlich setzt er Kraft ein, das Knäuel zerspringt, und vor ihm auf dem Tisch liegt etwas, das aussieht wie eine Zeichnung oder wie ein Plan oder eine komplizierte Chiffre. Der

Mann lacht. Der Rest ist Routine. Hier und da eine kleine Finesse, nichts Anspruchsvolles, fast spielt es keine Rolle mehr, auf die Einzelheiten zu achten. Mit einer Hand beginnt er schon zu wickeln, und unterbricht sich darin kaum, da die andere noch die letzten Schlaufen zieht.

Der Anstaltsdirektor hat lange gezögert, diesen Umstand an die Presse zu melden. Als er es endlich tut, sagt er, um es zu begründen, das wenigstens sei er allen Beteiligten schuldig.

Serientäter

Durch einen Zufall wird, unmittelbar nachdem ein Passant auf offener Straße erstochen worden ist, der Täter festgenommen, die Mordwaffe noch in der Hand. Von der Beweislast überwältigt und ohne jede Chance einer Ausrede, gesteht der Mann im Verhör jedoch nicht allein diese Tat, sondern bekennt darüber hinaus, in den letzten Jahren quer durch das Land eine Reihe ähnlicher Verbrechen begangen zu haben. Unmittelbar darauf wird eine Sonderkommission einberufen, und unter Mithilfe des Mannes klärt sie im Laufe der Zeit, sage und schreibe, vierunddreißig Morde auf, die zum größten Teil längst zu den Akten gelegt sind.

Schon bevor dem Mann der Prozeß gemacht wird, ist er wochenlang Tagesgespräch. Doch wie sehr auch die genauen Umstände seiner Taten Unverständnis und Empörung hervorrufen müssen, so ist doch viel unerhörter noch der Beweggrund dafür, den der Mann freimütig angibt.

Er habe, sagt er nämlich, und das dringt rasch an die Öffentlichkeit, in aller Regel spontan nach Lage der Verhältnisse getötet, stets ihm völlig unbekannte Personen, und einzig, um sich später ein möglichst genaues Bild von dem Leben zu machen, das er beendet hat. So sei er meist, nachdem er den Namen des Opfers einer Pressemeldung oder einer Todesanzeige entnommen habe, zu seiner Beerdigung gegangen, habe dort und in Folge anderswo unter Vorwänden bei Bekannten, Arbeitskollegen und Hinterbliebenen Erkundigungen eingeholt, habe Dinge aus dem Nachlaß des Toten in Besitz gebracht, sei seinen Arbeitsweg und seine Urlaubsrouten nachgefahren oder habe, vorübergehend, seine Hobbys angenommen – bis endlich sein Wissensbedürfnis gestillt war und er sich nach einem neuen Opfer umsehen konnte.

Alles beweist, was der Mann sagt. Und es gibt – weiß Gott! – Beweise. Die Wohnung des Mannes gleicht einem Archiv. In zum Teil eigens dafür angefertigten oder umgebauten Schränken verwahrt er neben seinen Waffen, sauber geordnet: Zeitungsmeldungen, Kranzschleifen, Urlaubsdias, seitenlange Gesprächsprotokolle, Fahrscheine, Kleidungsstücke, Stadtpläne, Krawattennadeln und Hüte, Gläser mit Gartenerde und Tennisschläger, Autokennzeichen und zerlesene Taschenbücher, so daß die Sonderkommission zur besseren Vorbereitung des Gerichtsverfahrens sogar eine Zeitlang ihr Quartier in der Wohnung aufschlägt.

Als dann endlich die Ermittlungen abgeschlossen sind, ein Termin für die Verhandlung angesetzt wird und sofort selbst aus dem Ausland ein paar Dutzend Reporter und Kamerateams um Akkreditierung bitten, verfügt der zuständige Staatsanwalt eine Verlegung der Beweismittel in die Asservatenkammer des Gerichts. Davon erfährt der Mann in seiner Zelle. Und vielleicht, weil sein bisheriges Verhalten alle Verantwortlichen in Sicherheit gewiegt hat, gelingt es ihm noch am selben Tag, sich vermittels eines in Streifen gerissenen Bettlakens unbemerkt hinab in den Hof des Untersuchungsgefängnisses abzuseilen. Allerdings stürzt er dabei die letzten Meter und schlägt so unglücklich auf, daß er noch während des Transports in die Krankenstation des Hochsicherheitstraktes verstirbt.

Er könne, sagt der Mann vor dem atemlosen Gericht, keinen anderen Grund für den Umstand, daß er seine ganze Familie erschlagen habe, nennen als den: es habe ihn der Anblick eines Regalfaches in eine namenlose Wut versetzt.

Längst sind und mehrfach die Polizeiberichte verlesen und die Gutachter gehört worden. Alle Fakten liegen klar zutage. Die Scheußlichkeit der Tat und die Roheit ihrer Ausführung haben auch die Abgebrühtesten zurückschrecken lassen; und seit Monaten ist der Fall das Thema Nummer Eins in der einschlägigen Presse.

Aber jetzt endlich hat der Mann sein Schweigen gebrochen. Rechts und links, sagt er, hätten in dem Regalfach, wie es sich gehörte und seit langem so war, Bücher und Ordner mit Aufzeichnungen und Unterlagen gestanden. Die Mitte des Faches sei mit Absicht frei geblieben, häuften sich doch die abzuheftenden Papiere mit jedem Tag. Daß er dennoch nichts unternommen habe, als sich die Mitte langsam mit anderen Dingen füllte, sei, sagt der Mann, entsetzlich und ihm bis heute unerklärlich.

Er beginnt dann, seine Finger zur Hilfe nehmend, mit der Aufzählung dessen, was er am Mordtag im Regal gesehen habe. Es seien gewesen: die fast unangebrochene Tube eines muskelentspannenden Präparates; eine Papierrose an langem, grünem Stil; die beim Aufbau aus Versehen nicht angebrachten Abdeckteile für die Winkeleisen an einem einfachen Kleiderschrank, dazu ein paar Schrauben und Holzdübel, die übriggeblieben waren; ein bunt bemalter hölzerner Buchstabe, der immer wieder von der Tür des

Kinderzimmers gefallen war; ein kleines Weihwasserbecken aus hellblau lasiertem Ton mit einer Weihwasserflasche aus demselben Material; ein älterer Lichtschalter zum Wandeinbau; ein Golfball, mit dem die Kinder gespielt hatten; und, aber da lasse ihn vielleicht die Erinnerung im Stich, ein alter schwarzer Quast.

Eine Zeitlang herrscht Schweigen. Ruhig bittet der Richter den Mann fortzufahren.

Er habe da also, sagt der Mann, zum werweißwievielten Male vor dem Regal gestanden und sich seiner Schwüre erinnert, alles an seinen Platz zu räumen; doch da er auch diesmal wieder schon nach kurzer Überlegung, was jetzt tun, an der Aufgabe vollkommen verzweifelt sei, zugleich sich aus guten Gründen nicht dazu habe entscheiden können, alles mit einem Mal wegzuwerfen, sei diese namenlose Wut über ihn gekommen; und er habe sich dann wohl gegen seine Familie gewandt. Freilich, an alles Folgende könne er sich nur schemenhaft, ja teilweise trotz aller Anstrengung überhaupt nicht erinnern.

Dorf in den Bergen

Von einem Waldbauerndorf hoch in den Bergen, nahe der Schneegrenze, gehen zwei Wege hinunter ins Tal. Der eine in unzähligen Windungen, leidlich ausgebaut und immerhin vor Verwehungen und Verschüttungen einigermaßen gesichert. Der andere fast geradewegs hinunter, doch die meiste Zeit im Jahr verschneit und dann nur abwärts und mit Skiern zu benutzen. Dieser zweite Weg führt nun, seit vor etwa hundert Jahren bei einem gewaltigen Erdrutsch Teile eines Hanges schlichtweg fortgebrochen sind, über einen nur wenige Meter breiten, aber fast bodenlos tiefen Abhang.

Das heißt richtig gesagt: der Weg endet hier, denn bis jetzt sind alle Versuche, den Abhang mit einer Brücke zu überspannen, am losen Gestein gescheitert und an den winters sehr beweglichen Schneemassen. Allerdings hat es sich ergeben, daß bei besagtem Erdrutsch etwas wie eine Schanze bergseitig direkt vor dem Abhang aufgeworfen wurde; und wer also nur einigermaßen sicher auf Skiern steht, der gelangt nach genügendem Anlauf ziemlich mühelos mit einem Sprung auf die Talseite und spart so einen Umweg von mehreren Stunden.

Längst hat sich daher eingebürgert, daß die Bergbewohner, wenn keine Lasten zu befördern sind und das Wetter passabel ist, im Winter talwärts die Schanzenroute nehmen. Kinder beginnen damit nach längerem Üben im Alter von etwa neun oder zehn, und je nach Rüstigkeit springen auch Männer noch hoch in den Sechzigern.

Diesem Umstand verdanken die Dörfler einigen Nimbus. Niemand, der in die Gegend reist, wird nicht von ihnen hören; und selbst unter den stillen Bewohnern der angrenzenden Täler ist von ihnen immer wieder die Rede. Vielfach, ja eigentlich dauernd, wird ihnen auch abgeraten, mit guten Gründen. Und wenn, was vielleicht einmal in zehn Jahren vorkommt, tatsächlich einer beim Sprung sich verletzt oder gar die Kante verfehlt und in den Tod stürzt, ist alles eine Zeitlang drauf und dran, den Dörflern ihre Praxis polizeilich oder mit Verordnungen und bei Strafandrohung zu verbieten.

Freilich, wie solche Verbote durchsetzen? Denn betritt einer von ihnen, die Skier geschultert, das Tal: wer weist ihm nach, daß er gesprungen ist? Und jemanden zur Aufsicht in Eis und Schnee an die Schanze zu postieren, ist nicht einmal einen Gedanken wert. Am schlimmsten aber, ja gar nicht zu ertragen ist es, wenn die Dörfler, zur Rede gestellt, umständlich und in ihrem alten Dialekt zu erzählen beginnen: wer unlängst auf dem Serpentinenweg einen Sturz, wer bei der Arbeit in den Bergen einen Unfall gehabt habe und wer überhaupt, verletzt oder krank, gestorben sei, bloß weil alle Hilfe so fern ist.

TROST UND RESERVE

Sondereinheit

Man könne natürlich in einem einzigen Leben, sagt der Mann in mittleren Jahren, nicht alles in die Tat umsetzen, was einem vorschwebe; und für ihn zumal seien jetzt die meisten Züge abgefahren. Dabei, keine Mißverständnisse: er habe wenig zu bereuen! Nur, wenn er sich wirklich etwas wünschen dürfte, dann wollte er gerne, und es könnte sogar schon viele Jahre zurückliegen, einer Sondereinheit angehört haben.

Diese Einheit schriebe sich, nur als Beispiel, von einer äußerst ruhmreichen Truppe her, die in einem Krieg vor Hunderten von Jahren bei fast vollkommener Vernichtung großen Heldenmut bewiesen und einen wenngleich strategisch unbedeutenden Ort bis zum letzten Mann gehalten habe. Von dieser Truppe habe die Sondereinheit bis auf den heutigen Tag den Namen, die Rangbezeichnungen, einige Fahnen und sogar Uniformteile bewahrt, die nicht nur zu den Paraden an Ehrentagen, sondern auch alltags getragen würden. Außerdem fühlten sich die Mitglieder der Sondereinheit durchweg als Kavalleristen, obwohl sie modernstes schnelles Gerät benutzten, und hielten sie für die Offiziere temperamentvolle arabische Pferde.

Natürlich, sagt der Mann, sei es eine Ehre, dieser Sondereinheit anzugehören. Aber auch eine Last. Denn auf jedem habe es während seiner Dienstzeit schwer gelegen, den Namen hochzuhalten; und alles Bemühen, sich durch vortrefflichen Stand der Ausbildung auch im Frieden der Erinnerung an den Heldenmut der Patrone würdig zu erweisen, sei von der Sorge durchsetzt gewesen, im Ernstfall zu versagen. Im letzten Krieg, an dem er altershalber nicht hätte teilnehmen können, sagt der Mann, sei die Truppe gar nicht zum Einsatz gekommen; man wisse nicht, ob aus strategischen Gründen oder gemäß einer vorausschauenden Order. Und in den langen Friedensjahren danach, in die seine Dienstzeit gefallen wäre, habe einerseits die Parole regiert, daß bald ein besonderer Einsatz alles wettmache, und andererseits der unausgesprochene Wunsch, es möge nie dazu kommen.

So wäre er dann auch, sagt der Mann, wie erlöst gewesen bei seiner Entlassung. Und erst jetzt würde er, wenn er regelmäßig zu den Kameradschaftsabenden der Ehemaligen reise, es so recht genießen, einer Sondereinheit, und gerade dieser, angehört zu haben.

Trapeznummer

Nie, sagt der Mann, habe er etwas erstaunlicher gefunden als die Tatsache, daß immer wieder Zirkusnummern, und besonders solche am Trapez oder auf dem Seil, von leiblichen Geschwistern einstudiert werden. Sicher, sagt er: nicht alle ›Sisters‹ und ›Brothers‹ sind Brüder und Schwestern; aber Erfahrung und Nachfrage habe ihn gelehrt, wie enorm die Zahl einwandfreier Verwandtschaften ist.

Er könne das einfach nicht glauben, sagt der Mann. Natürlich wisse er, was er sich unter einer Zirkusfamilie vorzustellen habe; auch, daß neben Manege und Ställen aufzuwachsen etwas anderes, etwas Besonderes sei. Und keine Frage: kaum ein Zirkuskind kommt auf die Dauer gegen die Verpflichtung an, selbst ein Artist zu werden. Doch daß sich drei oder gar vier Brüder und Schwestern dazu entschließen, zusammen aufs Seil oder ins Trapez zu steigen, das gehe über seinen Verstand!

Die Menschen sind doch so verschieden, sagt der Mann. Und die Angebote, auch in einem Zirkus, so reichhaltig, ja gerade dort! Wer entdecke nicht früh seine Zuneigung zu den Raubkatzen, und wer andererseits nicht seine Veranlagung zum Jonglieren oder zur Arbeit mit langen Stangen und Reifen? Und sei nicht unter vieren mindestens einer, der die Clowns liebe? Statt dessen: Alle hinauf ins Trapez! Was schwere Arbeit sei sowie äußerste Konzentration und Geschick verlange. Dazu Mut, oder besser: Bereitschaft zum Risiko. Und rückhaltloses Vertrauen in andere. Da müsse, sagt der Mann, spätestens bei vieren einer mitgezogen werden, ja unter Druck gesetzt von Kindestagen an und regelrecht gezwungen zu tun, wonach ihm der Sinn am wenigsten steht. Es ist eine Schande! –

Aber könnte nicht vielleicht, wendet man ein, was da oben gezeigt werde am Trapez und auf dem Seil, ohne Netz, niemand anderem auf Dauer wirklich gelingen als leiblichen Geschwistern?

Ach, sagt der Mann, gehen Sie mir mit so was weg!

Ein Schritt beiseite

Er habe, sagt der Mann, da sei er sich sicher, praktisch keine Gefühle.

Da man Einspruch anmelden will, winkt er ab. Nein, einen Unmenschen oder gemütskrank wolle er sich nicht nennen; aber verglichen mit all dem, was er als Ausbruch von Verzweiflung und Leidenschaft aus Romanen und Filmen kenne, und selbstverständlich von seinen engsten Mitmenschen, sei, was in ihm vorgehe, in welcher Lage auch immer, keineswegs Gefühl zu nennen.

Natürlich sei es ihm oft schlecht gegangen! Und natürlich auch gut. Er könne, sagt der Mann, leicht mit einer Reihe von Glücks- und Unglücksfällen aufwarten, die allerdings ein Leben ausmachten. Seine erste Frau zum Beispiel, sie hatten sehr jung geheiratet, habe ihn nach drei Jahren der harmonischsten Ehe von einem Tag auf den anderen verlassen; früher noch sei ihm ein Hund, ein großer weißbrauner Bernhardiner, an dem er maßlos gehangen habe, vor seinen Augen von einem Lastwagen überrollt worden; oder, damit der Eindruck wirklich nicht täusche: seine Tochter, das erste Kind aus zweiter Ehe, sei kurz nach der Geburt von allen Ärzten totgesagt gewesen und habe sich wie durch ein Wunder und in kürzester Zeit vollständig erholt.

Indes, er habe, sagt der Mann, das alles und vieles andere, er wisse auch nicht, wie er es besser sagen solle: entsprechend aufgenommen. Sei also zwar, je nach Anlaß, sehr nervös oder fröhlich gewesen. Aber dennoch niemals so, daß er habe glauben müssen, er stehe unter der Gewalt von etwas Unkontrollierbarem, schlechterdings Absolutem. Im Gegenteil sei ihm immer so gewesen, als könnte er jederzeit, gewissermaßen nur, indem er einen Schritt beiseite träte, alles restlos von sich abtun. Mithin könne er, logischerweise, keine Gefühle haben.

Warum er so hart zu sich sei? wird erneut eingeworfen. Er könnte sich doch einfach einen Stoiker nennen.

Da wird der Mann sehr aufmerksam. Diesen Ausdruck, sagt er, habe er noch nie gehört.

Gestreifte Krawatte

Er erinnere sich, wenn auch nicht allzu gerne, sagt der Mann, exakt daran, wie er zum ersten Male gesiezt wurde. Ziemlich genau fünfzehn sei er da gewesen, ein blasser, beinahe rothaariger Junge, einigermaßen aufgeschossen und in etwa so ungelenk, wie es das Alter erwarten lasse. Ja, und vielleicht ein bißchen still.

Also, sagt er, zur besagten Zeit sei er noch regelmäßig mit der Mutter zu Einkäufen in die benachbarte Großstadt gefahren; und Abschluß der Besorgungsgänge dort war jedesmal der Besuch in einem Geschäft für Nähzeug, Schneider-Bedarf und modisches Zubehör. Dieses Geschäft führte damals ein korpulenter älterer Herr mit grauen, etwas gewellten Schläfen und einem schmalen Schnurrbart sowie auch schon dessen Tochter, eine große junge Frau mit enganliegend kurzem schwarzem Haar und dunklen Augen. Seine Mutter, sagt der Mann, sei, obwohl auswärtig, in diesem Geschäft mit allen gut bekannt gewesen; so dehnten sich die Aufenthalte; und seine Langeweile, bei den vorangegangenen Einkäufen gewachsen, sei hier gelegentlich so groß geworden, daß es zu kleinen Auseinandersetzungen oder immerhin zu einzelnen Gesten des Unwillens kam. Erst auf dem abschließenden kurzen Weg zum Busbahnhof, bei dem es an einem Modellbauladen vorbeiging, habe sich in der Regel seine Stimmung gebessert.

An diesem bestimmten Tag nun, sagt der Mann, müsse er, als er in dem Geschäft auf einem der mit rotem Leder bezogenen, dreibeinigen Hocker vor den halbrunden, gläseren Tresen saß, besonders mürrisch ausgesehen und müsse eine der Angestellten es bemerkt und weitergesagt haben. Denn anders scheine es ihm nicht zu erklären, daß, als er endlich neben der Mutter an der Kasse stand und die kleinen Einkäufe aus einer geschwungenen Plastikschale in Tüten verpackt und die Preise eingetippt wurden, plötzlich die Tochter des Inhabers aus einem Vorhang und auf ihn zu trat, mit dem Satz: Der junge Mann, also er, müsse wohl ein wenig aufgeheitert werden!

Er sei da sicherlich, sagt der Mann, schamrot geworden. Und die Tochter habe hinter sich gegriffen und ihm mit genau diesen Worten: *Sie gehen doch bald tanzen?* eine längliche Schachtel über den Tresen gereicht. Bunt verpackt und mit einer gelben Schleife. Mein Gott!

Natürlich wisse er das noch, sagt der Mann auf Nachfrage. Er lacht. Eine gestreifte Krawatte!

Verkehrskontrolle

Angefangen habe das, sagt der Mann, als er vor vielen Jahren, vielleicht war er da noch keine dreißig, in eine Verkehrskontrolle geriet und dabei auf den zweiten Blick feststellte: unter den Polizisten war ein Klassenkamerad, der die Schule mit der Mittleren Reife verlassen hatte.

Kein Wort über den Vorfall! sagt der Mann. Peinlich genug. Kopfschüttelnd sei er damals, da nichts gegen ihn vorlag, weitergefahren; und freilich noch weit entfernt gewesen von dieser Vorstellung, die ihn heute oft geradezu beherrsche, nämlich: daß mittlerweile die einflußreichen oder wenigstens die verantwortungsvollen Positionen von Leuten besetzt seien, die er entweder als Kinder gekannt habe oder die immerhin seine Klassenkameraden hätten gewesen sein können.

Denn später, sagt der Mann, sei es knüppeldick gekommen. Allein von seinen Koabiturienten, er zählt es an den Fingern auf, sei einer sein Augenarzt, einer sein Steuerberater; ein anderer, der jetzt außerhalb wohne, vermittle ihm gelegentlich einträgliche Geschäfte, und wieder ein anderer stehe der Bezirksvertretung seines Stadtteiles vor.

Da sind Sie ja gut dran, kommt es aus der Runde.

Der Mann winkt ab. Er wisse schon, was die Leute denken, wenn er so rede. Nein nein! Und Vorteile ziehe schließlich jeder aus dem oder jenem. Was ihn vielmehr umtreibe, das sei: daß er keinem von denen, die er gekannt habe, als sie Kinder waren, wirklich zutraue, etwas anderes geworden zu sein.

Etwas anderes als was?

Als Kinder! Was passiert denn schon, sagt der Mann,

mit einem, den ich in den unteren Klassen habe Unsinn treiben sehen, in den mittleren mit seiner unreinen Haut hadern und in den letzten um seine Noten kämpfen, wenn er älter wird? – Das verstehe sich von selbst? Der Mann schüttelt den Kopf. Ich weiß es besser! ruft er. So alt er sei, sehe er sich völlig außerstande, sich für etwas anderes zu halten, als was er war, da er sich kennenlernte. Und weil er überdies oft genug beinahe sicher sei, daß er jeden, und bisweilen auch sich selbst, nur anschwindle, wenn er sich wie ein Erwachsener gebe, besonders im Geschäft, traue er auch niemand anderem seines Alters über den Weg.

Aber die objektiven Anzeichen? heißt es.

Sind Unsinn! ruft der Mann. Zum Beispiel sein Anzug. Darunter sei er nackt. Ob er wirklich seine Brille brauche? Wer weiß; die habe ihm sein Arzt verschrieben, ein Klassenkamerad! Und seine Glatze? Der Mann lacht. Wahrlich ein schöner Beweis!

Und die Älteren? wird nachgefragt. Vertraue er denen? Die seien doch auch einmal Kinder gewesen.

Der Mann wird ganz ernst. Ja, sagt er, da pochen Sie jetzt an die Weltordnung!

Trost und Reserve

Er habe es sich, sagt der Mann, vor geraumer Zeit schon in den Kopf gesetzt, mit einem Fernsehstar zu schlafen. Also, etwas genauer, mit einer Frau, die zumindest einigermaßen bekannt sei aus Filmen, Shows oder, ganz gleich, aus den Nachrichten oder den Magazinen. – Warum? Nun, dieses Gefühl, sagt der Mann, er lacht, gewissermaßen einzudringen ins Bild, erscheine ihm einfach das Höchste, das man heute verlangen kann.

Sofort überstürzen sich die Nachfragen.

Moment! Als erstes, sagt der Mann, habe er eine Liste aufgestellt. Denn einerseits, er leide ja keineswegs an Selbstüberschätzung, und Unsummen habe er nicht zu verschleudern. Andererseits sollte die Karriere der Frau, schon aus den begreiflichsten Gründen, nicht allzu lange beendet sein, und selbst unter den zur Zeit präsenten komme ja nicht unbesehen jede in Frage.

Allseits laute Zustimmung.

Anhand der Liste, sagt der Mann, habe er nun begonnen, Untersuchungen anzustellen. Wer wohnt in seiner Nähe? Wer ist offenkundig glücklich verheiratet? Wem hingegen geht der Ruf einer gewissen Freilebigkeit voraus? Was läßt sich über Vorlieben und Abneigungen in Erfahrung bringen? Und so weiter, bis endlich eine Reihenfolge feststand.

Man will die Liste sehen.

Abgelehnt, sagt der Mann und droht mit dem Finger. Was er da an Arbeit hineingesteckt habe! An Überlegung. Wieviel Zeit damit vergangen sei, bis er endlich, im eigentlichen Sinne, zur Tat schreiten konnte. Und dann die

Ernüchterung, als es geheißen habe: wieder von vorne beginnen. Und die Liste mit einem Mal nichts weiter als eine Art Trost und Reserve.

Und! ruft einer. Wie wars?

Der Mann wiegt den Kopf. Im Grunde wie gewöhnlich auch. Wer mache schon auf Anhieb die Eroberung, die ihm vorschwebt? Allerdings, sagt er, seien die Körbe, die er bekommen habe – und weiß Gott, er habe welche bekommen –, dank der Liste gewissermaßen schnell zu verbuchen gewesen. Zeit habe er seitdem wenig verloren. Und wenn er heute sagen könne –

Ja!? brüllen alle.

Wenn er heute sagen könne, er stehe so kurz, er zeigt es mit den Fingern, vor seinem Ziel, so komme es ihm beinahe vor, als sei doch alles im Fluge gegangen. Und als sei vom ersten Moment, da es ihn danach verlangt habe, mit einem Fernsehstar zu schlafen, bis heute, er zwinkert, bis morgen vielleicht, nur ein Augenblick vergangen.

ÖFFENTLICHER NAHVERKEHR

Die Geliebten

Ein verheirateter Mann Ende Dreißig arrangiert es sage und schreibe, daß ihn an einem Abend, Frau und Kinder sind bei Verwandten, seine vier früheren Geliebten besuchen, und jede, ohne von der Einladung der anderen zu wissen. Man stelle sich das vor! – Freilich, es war ein Leichtes für den Mann, er hatte zu den Vieren stets einigermaßen Kontakt gehalten; nur die Sturheit, mit der er auf dem speziellen Termin bestand, sorgte für ein wenig Verwirrung.

Da sind sie nun! Eingetroffen im Abstand von wenigen Minuten. Die erste sitzt kaum, die zweite betritt gerade das Wohnzimmer, da klingelt die dritte, und die Tür ist eben geöffnet, so erscheint die vierte an der Biegung des Gartenwegs. Sie kennen einander, wie man sich unter den gegebenen Umständen kennt, teils von Photos, teils von kurzen Begegnungen zur Zeit des Auseinandergehens, zwei waren sogar einmal flüchtig befreundet.

Zuerst schauen sie sich an, unentschlossen. Ist die Lage peinlich, ist sie interessant? Sollen sie gleich gemeinsam Front machen gegen die Unverschämtheit, die er sich erlaubt hat; oder ist es besser, sich eine eigene Meinung zu bilden? Da hebt der Mann eine Hand. Er wolle, noch bevor irgendein anderer Ton in ihre Versammlung komme, sein Anliegen gleich in vollem Umfange anmelden.

Ich bitte euch nämlich, sagt er, jetzt und hier, alle und gleichzeitig, mit mir zu schlafen. Keine der vier erwidert. Wer weiß, vielleicht aus Empörung.

Der Mann spricht weiter. Das klinge natürlich wie das Ansinnen eines Verrückten. Zugegeben, aber er bitte seine

Gründe zu bedenken. Zunächst, sagt er, wir sind alle aus dem Alter heraus, da sich besondere Freizügigkeiten noch reibungslos oder selbstverständlich entwickeln. Außerdem ist die Zeit nicht danach, Krankheiten sind im Umlauf. Also sind, wenn ich das richtig sehe, Bedenkenlosigkeit und Vertrauen nurmehr auf die eigene Vergangenheit zu gründen. Mit anderen Worten: Das ist unsere letzte Chance.

Noch immer schweigen die vier. Dazu kommt, sagt der Mann, daß ich mir mehr und mehr wünsche, meine Erinnerung an unsere gemeinsamen Zeiten nicht nur ein letztes Mal an der Wirklichkeit zu überprüfen, sondern sie auch, ich nenne es einmal: in Konkurrenz zueinander zu setzen. Also, konkret, eine Zärtlichkeit zu wiederholen wortwörtlich im Angesicht, zum Beispiel, einer Leidenschaft. Und noch genauer, wenn ich mir die Freiheit erlauben darf: mit einer von euch zu tun, was wir ohne weiteres taten, während eine andere zusieht, die dem ganz abgeneigt war. Oder, möglicherweise, umgekehrt.

Die vier rücken zusammen. Ich weiß, sagt der Mann, das hört sich jetzt an, als dächte ich nur an mich. Doch bitte, stellt euch vor, wie auch für euch sich alles derart um, was soll ich sagen, wesentliche Aspekte bereichert. Ich sage: alles. Denn welche Chance, einmal leiblich zu erfahren, wie einer sein kann, den man für sich gekannt zu haben glaubt! Danach – wer sieht nicht alles mit neuen Augen! Und –, der Mann breitet die Arme aus, wir stehen an der Schwelle. Noch sind wir nicht alt, keine Frage; aber was wird sein in wenigen Jahren? Wir haben Familie, wir haben Kinder. Über kurz oder lang wird man von uns verlangen zu wissen, wie die Dinge beschaffen sind. Von uns! – Dabei laufen wir, der Mann läßt die Arme sinken, ich sage das ohne Vorbehalt, längst Gefahr, geradezu blindlings, allenfalls den Blick stier auf die täglichen Sorgen, Richtung Grab zu laufen.

Eine Zeitlang ist Ruhe. Dann löst sich eine der vier und legt dem Mann eine Hand auf die Schulter. Die anderen drei bleiben, wo sie sind, zwei fassen sich bei den Händen. Lange stehen sie so da. Dann löschen sie das Licht und beginnen, einander abgewandt, sich zu entkleiden.

Plötzliche Unsicherheit

Mit Überraschung, beinahe mit einem Anflug von Panik, bemerkt ein unverheirateter Mann eines Morgens in der S-Bahn, daß er nicht auf Anhieb sagen kann, ob er – rein theoretisch natürlich! – mit der Frau ihm gegenüber würde schlafen wollen. Bislang hat er das stets gekonnt. Das heißt sogar: meistens, wenn er ein Abteil, einen Warteraum oder dergleichen betritt, stellt sich der Mann sofort und vollkommen beiläufig diese Frage und beantwortet sie im Zuge einer raschen Musterung aller anwesenden Frauen jeweils eindeutig mit Ja oder Nein.

Nun darf kein Irrtum aufkommen! Der Mann ist alles andere als ein Don Juan. Seine allgemeine Haltung zu Frauen ist durchschnittlicher Art, weder könnte man ihn besonders draufgängerisch noch übertrieben schüchtern nennen. Und letztlich ist seine Angewohnheit womöglich bloß eine harmlose Marotte.

Was aber, andererseits, nichts ändert an seiner Fassungslosigkeit jetzt. Vier Stationen sind es, bis er aussteigen muß aus der S-Bahn. Ihm gegenüber sitzt noch immer die junge Frau mit der randlosen Brille und dem kurzen Rock. Und von seiner Seite kein annähernd sicheres Urteil! Vielleicht, denkt der Mann, ist ihm mittlerweile die Routine verlorengegangen; man wird immerhin älter. Außerdem nimmt ihn tageweise der Beruf vollkommen ein und geht er abends früh zu Bett. Und überhaupt, es ist eigentlich zum Lachen! –

Indessen mustert der Mann, um wenigstens, wenn schon die Intuition ihn verlassen hat, System in die Sache zu bringen, die junge Frau von Kopf bis Fuß: Ihre Haut scheint glatt und gesund, ebenso die Haare, regelmäßige Gesichtszüge hat sie, blaue Augen, an ihrer Kleidung wäre das eine oder andere auszusetzen, aber darauf kommt es ja eigentlich nicht an. Der Busen ist, soweit man das schließen kann, rund und groß; und die Beine sind, das ist nun ganz gut auszumachen, ziemlich gerade und schlank.

Und? – Der Mann weiß nicht, was soll er denken. Das könnte jetzt, fühlt er, immer so weitergehen und nähme doch nie ein Ende. Fast ist er drauf und dran, die junge Frau anzusprechen. Oder, weiß Gott! sie gleich zu entführen oder immerhin sie unter falschem Vorwand sonstwohin zu locken. Eine ganze Woche mit ihr zu verbringen. Vielleicht in Venedig, in einem alten Hotel. Das Zimmer wäre riesig. Sie lägen auf seidenem Bettzeug, und vom Kanal her stiege die Hitze eines Spätsommertages herauf. Irgendwo läuteten Glocken.

Drittletzte Station. Die junge Frau steht auf und steigt aus, ein Mädchen setzt sich auf ihren Platz. Von seiner rechten Wange herab bis in den Halsausschnitt zieht sich ein großer, unregelmäßiger roter Fleck, wahrscheinlich eine Verbrennung, vielleicht auch ein angeborener Blutschwamm. Und den Mann, da er das sieht, überkommt mit großer Macht ein ihm bislang unbekanntes Mitleid. So daß er an der nächsten Haltestelle, also eine zu früh, aussteigen und den Rest des Weges zur Arbeit zu Fuß gehen muß, beinahe unter Tränen.

Romantische Ironie

Als sich infolge einschneidender Veränderungen in den politischen Landschaften auch die wirtschaftlichen Verhältnisse eher verschlechtern als verbessern, beschließt ein hochrangiger Angestellter eines mächtigen Konzerns, umgehend einen Weg zu finden, sich gegen alle, selbst gegen die unwahrscheinlichsten Wendungen seines Schicksals zu wappnen. Nach langem Nachdenken gerät er an ein aus Studienzeiten erinnertes, halb philosophisches, halb schon künstlerisches Lebensideal, wonach es, sehr kurz gefaßt, die Möglichkeit gebe, alles aus der realen Welt nicht ganz ernst und gewissermaßen vorerst bloß als einen Entwurf unter vielen zu nehmen. Der Mann macht sich anhand einiger Titel weiter kundig; alles, was er liest, leuchtet ihm fabelhaft ein, und besonders hervorragend scheint ihm dieser Lebensentwurf, da er, zumindest für die Zeit des Überganges, auch das Weitermachen wie bisher als eine Weise von vielen durchaus erlaubt.

Doch wohlgemerkt, nur für den Übergang! Zwar betreibt der Mann jetzt alle geschäftlichen Angelegenheiten mit noch vermehrtem Elan und macht er, nicht ohne Geschick und teilweise unter Umgehung der Gesetze, private Rücklagen in bedeutendem Umfang. Doch zugleich beginnt er, Zug um Zug, alles, was ihn bislang ausmachte, über den Haufen zu werfen. So besucht er zum Beispiel ein schäbiges Bordell, und läßt er in dem Bewußtsein, bestenfalls als ein Stellvertreter seiner selbst dort zu sein, alle Peinlichkeiten über sich ergehen, bis hin zum Höhepunkt einer auf unsägliche Weise erzeugten Lust. Oder er unternimmt Wochenendfahrten im Reisebus in europäische

Hauptstädte und absolviert dort, zwischen den Nächten in billigen, geschmacklosen Hotels, das vollkommen banale, ja bisweilen zynische Veranstaltungsprogramm im Kreise der anderen, meist schlichten Teilnehmer. Bisweilen stellt er sich sogar, beim Besuch in Kabaretts und Varietés, als Mann aus dem Publikum zur Verfügung.

Seine Familie erfährt von all dem absolut nichts. Er ist der Stolz seiner Eltern. Seiner Frau bleibt er der liebende Ehemann. Nach wie vor gilt seine ganz besondere Sorge den halbwüchsigen Kindern; und die ermahnt er weiterhin regelmäßig zur Konzentration, zur Strenge gegen sich selbst und zum Festhalten am einmal Erreichten.

Vater und Söhne

Ein Vater von drei Söhnen tut seit deren Geburt alles, daß jeder der drei sich ein anderes Bild von ihm mache. Das heißt, er sorgt, ohne Aufwand zu treiben, für nennenswerte Unterschiede. Nicht bloß für Nuancen! Und gleich gesagt: Allzu schwer ist das nicht, es hört sich nur so an.

Das Nächstliegende kommt natürlich nicht in Frage, also daß der Vater etwa den einen bevorzugte und den anderen vernachlässigte oder zurücksetzte. Das wäre einerseits zu leicht; und andererseits: er liebt sie ja wirklich, alle drei, und so wie sie sind! Statt dessen kehrt der Vater vielmehr dem ersten gegenüber besonders den Gerechten heraus, ohne die anderen ungerecht zu behandeln, ist er zu dem zweiten besonders zärtlich, ohne zu den anderen grob zu sein, und scherzt er besonders mit dem dritten, ohne sich ansonsten allzu ernst zu geben.

Was er da tut, es fällt dem Vater, wie schon gesagt, gar nicht schwer. Es steigert ihm sogar die Freude am Umgang mit seinen Söhnen, immer derart bedacht zu Werke zu gehen. Ist er etwa beim Frühstück am Sonntagmorgen noch allen mit Vorsatz als der gleiche erschienen und besprachen sie allgemeine Themen, so nimmt er später beim üblichen Spaziergang mal den, mal jenen beiseite. Dem einen streicht er, da sie ein Feld mit Kühen betrachten, lange und wie beiläufig über das dichte blonde Haar; dem anderen erzählt er, ein wenig zurückbleibend, eine kurze Anekdote; und da sie auf dem Heimweg einem Mann begegnen, der einer Frau gerade schimpfend den Rücken kehrt, sucht er schweigend die Augen des dritten und tauscht mit ihm einen langen Blick.

Weiß der Vater, was er da tut? Ohne Zweifel: ja; auch wenn seine Antworten auf die Frage nach dem Warum in der Regel wechseln. So sagt er etwa, es müsse ein reizvoller Gedanke sein, später im Alter zu wissen, wie verschieden seine Söhne über ihn dächten. Ein anderes Mal stellt er sich mit Behagen vor, daß sie zu dritt nach seinem Tod beisammen sitzen, ausgiebig über ihn reden, ernst, und daß sie zu ihrem Erstaunen auf nichts als Unterschiede stoßen. Und manchmal dann wieder erklärt der Vater, was er tut, als eine Art schierer Notwendigkeit.

Denn, so sagt er, er könne ja schlechterdings nicht vermeiden, sich seinen Söhnen Tag für Tag zuzumuten, wie er ist, sprich teils passabel, teils ein Durcheinander von Marotten und jedenfalls wie die meisten unfähig, einigermaßen geraden Wegs zu gehen. Also trage er wenigstens dafür Sorge, daß jedem der drei aus diesem Wust etwas Bestimmtes besonders hervortrete. Und das weniger, sagt er, damit der Sohn daran den Vater erkenne. Vielmehr, damit ihm später die Kindheit doch wie ein kleiner, sonniger Garten erscheine.

Öffentlicher Nahverkehr

Fast auf der Höhe seines beruflichen Erfolgs beginnt ein Mann, der seit seiner Schulzeit auf den öffentlichen Nahverkehr nicht angewiesen war, allmorgendlich den Bus zu nehmen. Beiläufig, keine spektakuläre Geschichte. Zusammengefallen waren nur: seine Beförderung zum Leiter eines ausgelagerten Institutes und der Erwerb eines Hauses, just am entgegengesetzten Stadtrand. Da gab es schlechthin keine Alternative!

Also steht fast heiter, etliches vor der Zeit, eines wolkenlosen Sommermorgens der Mann an der Haltestelle, nur wenige hundert Meter entfernt von der Endstation. Der Bus, der kommt, ist beinahe leer; und die Fahrt über sieht der Mann ihn sich füllen und wieder leeren. Wie im Flug vergeht ihm dabei die Zeit; kaum weiß er, was er tun soll: Hinausschauen in die unbekannten Straßen? Oder die Fahrgäste mustern? Ladenpersonal, etwas verschlafen und die Frauen akkurat geschminkt, Schüler mit frechen, unscharfen Gesichtern, schweigsame Arbeiter und unbewegliche alte Frauen. Angekommen im Institut, freut der Mann sich regelrecht auf die Heimfahrt.

Aber was so gut beginnt, geht böse aus. Denn da ihm bald das tägliche Busfahren zur Gewohnheit wird, stellen sich bei dem Mann, wie er so dasitzt, ohne besondere Gedanken, immer öfter und unwillkürlich Erinnerungen ein an seine täglichen Fahrten zur Schule vor nunmehr über dreißig Jahren. Und plötzlich glaubt er in den Gesichtern der Fahrgäste Bekannte wiederzuerkennen, ertappt er sich dabei, wie er ängstlich Ausschau hält nach Älteren, denen er seinen Platz anbieten müßte, und besonders: wächst ihm, wenn er tatsächlich ein Stück weit eingeklemmt in der Menge stehend zubringen muß, der Ekel beinahe über den Kopf. Doch mit Abstand am meisten erschrickt der Mann, wenn er an sich, beim Anblick eines Mädchens oder einer jungen Frau, eine geradezu eindeutige Erregung bemerkt, die ihn, wie damals, an jeder Bewegung hindert.

Und so Tag für Tag eine halbe, eine Dreiviertelstunde, hin und zurück. Das prägt, das hinterläßt seine Spuren! Zusehens fällt der Mann in seine früheren Fehler; es geht ihm die Sicherheit, die er durch Erfahrung und Kompetenz erworben hat, allmählich verloren, er wird unaufmerksam und ablenkbar, bisweilen sinnt er hinter seinem Schreibtisch lange über vage Dinge und, ganz besonders, verliert er sich immer öfter in erotischen Phantasien. Dabei: wird ihm das Busfahren mit jedem Tag ein größeres Greuel, versetzt ihn schon der Gedanke daran frühmorgens in schlechte Stimmung und kehrt er abends in noch schlechterer nach Hause zurück.

Freilich, wie gesagt, das Auto ist keine Alternative. Der Weg geht mitten durch die Stadt, zur Stoßzeit! Und der Mann tut daher nichts, seinen Zustand zu ändern; nur schickt er bisweilen Briefe an die Verkehrsbetriebe und an die lokalen Blätter, in denen er einzelne, korrigierbare Mißstände im Beförderungswesen ausführlich, wenngleich mit einem gewissen Spott beschreibt.

Kartei des Durchschnitts

Ein Ingenieur, der in jungen Jahren durch ein glücklich verkauftes Patent sehr vermögend geworden ist und seitdem als Berater arbeitet, baut sich mit der Zeit eine Kartei durchschnittlicher Menschen auf. Bei Reisen im Inland spricht er Unbekannte an, meist auf Bahnhöfen, in Imbißhallen oder tatsächlich auch im Vorbeigehen auf der Straße; und er bittet sie, von sich zu erzählen. Die meisten, wenn sie nicht gerade in Eile sind, tun es. Und scheinen sie dann dem Ingenieur geeignet, so läßt er sie einen regelrechten Vertrag unterschreiben, worin sie sich verpflichten, ihm von nun an in ungefähr gleichen Abständen oder immer dann, wenn es sich anbietet, aus ihrem Leben zu berichten: was Besonderes vorgefallen ist, welche neuen Pläne sie verfolgen, welche Entscheidungen anstehen. Und mindestens einmal im Jahr haben sie ein neues Bild zu schicken, es darf auch ein Schnappschuß sein. Als Gegenleistung erhalten sie eine Aktie sowie, unter dem Siegel der Verschwiegenheit, von Zeit zu Zeit einen todsicheren Tip für die Börse.

Der Ingenieur führt über alles genauestens Buch. Bleiben Nachrichten aus, so mahnt er sie an, erscheinen sie oberflächlich und spröde, so fragt er nach. Ein separater Computer ist für alles reserviert. Jeder besitzt dort seine Datei mit den persönlichen Daten in tabellarischer Form, dann folgen im Graphikmodus die gescannten Briefe und Photos; und es schließt mit einem Text, der, gründlich bearbeitet, eine Art Vita in konzentrierter, fortlaufender Form ist. Vor fünfzehn Jahren hat der Ingenieur begonnen; bis jetzt sind knapp 100 Personen gespeichert, sehr selten kommt noch eine hinzu; und die allermeisten leben, wie er es vermutet hat, unauffällig und ohne besondere Höhepunkte vor sich hin.

Der Ingenieur verbringt viel Zeit mit seiner Kartei, manchmal mehr, als ihm lieb ist. Denn zeitraubender als die Bearbeitung der neuesten Eingänge, doch schließlich der Sinn der Sache, ist sein Versuch, aus dem vorliegenden Material im Laufe der Jahre gewissermaßen auf das innere Wesen und die Richtung des Durchschnitts zu schließen. Dabei gibt es nun ohne Zweifel schöne Erfolge, in der Regel geschieht, was er geahnt hat; doch immer wieder gibt es auch Probleme; und man kann sagen: hier fängt die Arbeit eigentlich an.

Da hat zum Beispiel einer, wie längst erwartet, nach Jahren, in denen er sich mühsam hocharbeiten mußte, geheiratet, ein Kind ist bereits unterwegs; und jetzt meldet er, er lasse sich umschulen. Was hat man davon zu halten? Oder einer, unverheiratet und eigenbrödlerisch, ganz in seinem schlichten Beruf versunken, spricht seit einiger Zeit nur noch von einem Haus in Amerika, das er unversehens geerbt hat. Und eine Frau, an der niemand, der Ingenieur klickt zur Sicherheit noch einmal eins nach dem anderen ihre Photos an, etwas Apartes finden könnte, beginnt ohne Ankündigung, die leidenschaftlichen Briefe, die ihr ein junger Mann aus reichem Hause schickt, in Kopie zu übersenden.

Was ist hier zu tun? Soll er etwa, fragt sich der Ingenieur in solchen Fällen, die Betreffenden aufmerksam machen, gegebenenfalls zur Ordnung rufen, in ihrem ureigensten Interesse? Das wäre nur menschlich. Wo er es doch ist, der wie keiner den Überblick hat. Andererseits kommt es, ernsthaft betrachtet, als störender Eingriff in die Untersuchung nicht in Frage! Und mag er sich auch noch so sicher sein: nichts Großartiges ist im Leben seiner Durchschnittlichen, vom Ende her betrachtet, mehr als eine besser vermiedene Störung – so sieht sich der Ingenieur doch gezwungen, mit seinem Material sorgfältig zu verfahren. Wie einer, selbst wenn er aus Erfahrung sicher weiß, gleich wird es Grün, nicht in voller Fahrt auf eine rote Ampel zuhält.

Also praktiziert es der Ingenieur seit einiger Zeit, solche und ähnliche Meldungen vorläufig in einer Neben-Datei abzulegen, bis ihn die späteren Mitteilungen in seiner Voraussicht bestätigen werden. Damit tue er, sagt er, einstweilen niemandem Unrecht. Und wenn er dann doch, sehr selten natürlich und anonym, den Betreffenden eine Warnung zukommen lassen oder bei Vorgesetzten, Ämtern und Bekannten intervenieren muß, so weiß er sich mittlerweile gut zu beruhigen: Denn sogar in einem vollkommen durchschnittlichen Leben, sagt er, dürfe sich, nach den Gesetzen der Statistik, gelegentlich Mysteriöses ereignen.

LADENDIEBSTAHL

Verfluchter Ort

Morgens, auf dem Weg zur Arbeit, fährt man an dem Lokal vorbei, das seit Wochen aufgegeben ist. Es nannte sich nach einem berühmten Schriftsteller, die Gerichte auf der Speisekarte trugen die Namen seiner Romane, die Drinks hießen nach ihren Figuren. Aber das will nichts sagen.

Es begann im Herbst, als plötzlich ein Schild *Betriebsferien* ohne Angabe der Dauer im Fenster hing. Jetzt ist es verschwunden; die Lichtreklamen über der Tür sind abgeschraubt, die Kabelenden hängen aus der Wand. Drinnen ist es dunkel auch am Tage, und alles scheint unberührt. Die vielen tropischen Pflanzen stehen noch auf den Fensterbänken, so eng beieinander, daß die vertrockneten Blätter der Drachenbäume nicht einmal vom Stamm fallen. So ist ein zusätzlicher Posten verloren; eine kurze Überlegung gilt der Frage, ob er in der Konkursmasse erscheint.

Dabei gibt es, von außen betrachtet, für das Scheitern keine Gründe. Es ist eine belebte Ecke, an der das Lokal liegt, eine Haupt- und eine Nebenstraße kreuzen. Hier ist im Prinzip gut Halt machen und die anderen vorbeiziehen sehen. Auch war das Lokal ganztägig geöffnet, es warb mit einem ausgiebigen Frühstück, mittags stand eine Tafel mit dem Tagesgericht auf dem Gehsteig, sonntags morgens gab es Sekt zu verbilligten Preisen. Und das Personal war, im großen und ganzen, freundlich.

Doch aller Wahrscheinlichkeit nach ist der Ort verflucht. Allein seitdem man dort vorbeifährt, sind vier Unternehmen gescheitert. Zuerst hielt sich mit Mühe eine Pizzeria. Schon gegen Ende, verlegte der Wirt den Eingang von der Haupt- in die Nebenstraße, ein Akt der Verzweiflung; schließlich gab er auf. Sein Nachfolger war Vegetarier. Ihm blieb ein Jahr, die Folgenden schlossen in kürzeren Abständen.

Bei jedem Wechsel stehen, wie seit heute morgen, Container vor der Tür, bis oben voll mit dem zerschlagenen Interieur. Man muß, ihnen auszuweichen, ein paar Schritt über die Straße, und schüttelt dabei die Vorstellung ab, wie alles einmal entworfen wurde, in begeisterten Gesprächen: Dunkles Holz und roter Samt und Photos an den Wänden, hieß es da. Und vom Gast war die Rede, daß er alles anheimelnd finden solle und ungewöhnlich zugleich. Wohin er zuerst sehe, was er am meisten verlange. Und so weiter bis in die Nacht.

Damals war der Gast eine gedankliche Größe. Später, an den langen trostlosen Abenden, war er der Mann, der eintrat und gleich wieder ging, weil er der einzige gewesen wäre. Man hört es die Betreiber geradezu sagen: Alle Einzigen an diesem Abend hätten das Lokal vielleicht nicht gefüllt, aber sie hätten gemacht, daß sich alles zum Guten wendet. Statt dessen sahen bald, wie Kobolde und böse Dämonen, die Passanten bloß noch durch die Fenster herein. Und in Windeseile verbreitete sich die Nachricht vom neuerlichen Mißlingen.

Sicher haben, als es aussichtslos wurde, auch die Betreiber gelegentlich von dem Fluch gesprochen, der auf dem Ort liege. Daß er, jetzt könnten sie es ja sagen, gleich aus den Anfängen die Hoffnung gezogen habe. Kein Glas sei hinter dieser Theke zerbrochen, kein Spiegel habe schief an der Wand gehangen, ohne daß es ein Zeichen war. Alle Zahlen hätten sich in magische verwandelt, und alle Waren seien vorzeitig verfallen.

An seinem letzten Tag, das hat man selbst nicht erlebt, aber alle Bekannten erzählen davon, ist das Lokal zum Bersten voll gewesen. Fast war die Stimmung ausgelassen, besonders unter den Betreibern. Und alle genossen sie wohlig den Schauer des Bankrotts.

Ladendiebstahl

Eine Frau im mittleren Alter hat es sich zur Gewohnheit gemacht, in einem großen Supermarkt und allermeistens am verkaufsoffenen Samstag jeweils einen, möglichst weitgehend gefüllten Einkaufswagen anderer Kunden im unbeobachteten Moment zu entführen, um dann ausnahmslos alle Waren daraus an der Kasse ordnungsgemäß zu bezahlen. Durch einen Zufall wird sie, da sich die Klagen schon gemehrt haben, endlich ertappt; und der Marktleiter bittet sie zu sich ins Büro.

Sie habe, sagt die Frau, nie lange überlegt, bevor sie zugegriffen habe. Es sei ihr nur, ganz ungefähr, auf die Menge angekommen. Denn der eigentliche Reiz an der Sache, oder gewissermaßen der Sport, bestehe allein darin, zu Hause über den Einkäufen eines Unbekannten zu sitzen und herauszufinden, was daraus Anständiges zu bereiten ist. Natürlich sei es absolut verboten, weitere Zutaten über das Übliche des Hausvorrates hinaus zu besorgen; und als wirklich gelungen könne alles nur gelten, wenn nichts zurückbleibe, als was man leicht verwahren und immer wieder würde brauchen können.

Auf Nachfrage gibt die Frau zögernd einige Beispiele. Außerdem, unterbricht sie sich, sei es freilich ausgeschlossen, bloß irgendwelche Phantasiegerichte zu kochen oder alles in einen Eintopf zu geben; und quasi als Schiedsrichter darüber dienten ihr ein paar durch und durch seriöse Standardwerke, nach denen sie sich in jedem Zweifelsfall richte.

Ob sie für sich alleine koche? wird gefragt.

Mitnichten! sagt die Frau. Sie habe einen Mann und zwei halbwüchsige Kinder.

Der Marktleiter berät sich daraufhin telephonisch mit der Zentrale. Im strengen Sinne, heißt es von da, liege ja kein Vergehen vor, Diebstahl scheide im Grunde aus, vielleicht sei mit einigem Recht bloß von grobem Unfug zu sprechen; und er solle nach Gutdünken verfahren. Eine Zeitlang schwankt der Marktleiter im Anschluß an das Telephonat, doch dann entläßt er die Frau ohne Anzeige. Nur erteilt er ihr, dabei fast schon um Entschuldigung bittend, ein auf drei Monate befristetes Hausverbot.

Hobby

Beinahe aus Übermut legt sich ein Mann Ende Vierzig aus der Investment-Branche, als er sein Geschäft gut etabliert weiß, ein technisches Hobby zu. Dem widmet er ab sofort einen Teil seiner nunmehr angewachsenen Freizeit, ohne indes seiner Familie und seinen Freunden zu nehmen, was ihnen zusteht.

Zuerst bis hierhin. Die Art des Hobbys spielt keine große Rolle. Wichtig nur vielleicht, daß der Mann einen separaten Raum dafür besitzt, den er unter kundiger Anleitung sinnvoll ausgestattet und mit einem Basis-Satz von Werkzeugen versehen hat. Und weiterhin erwähnenswert: er hat, vor allem Beginnen, eine Reihe von Fachzeitschriften gelesen und Messen besucht, so daß seine Maßstäbe hoch sind.

Nun folgt eine Zeit, die kaum des Berichtens wert ist. Gelegentlich kommt der Mann, ein Taschentuch um seinen Daumen geknotet, lachend aus dem Hobbyraum in die Küche, um sich ein Pflaster zu holen. Und bisweilen präsentiert er seine ersten Ergebnisse vor Familie und Freunden, dabei weist er ohne falsche Bescheidenheit das meiste Lob zurück; er wisse, und bei Gott: gut, wie weit entfernt er vom Besten sei!

Das geht eine Weile so. Endlich packt den Mann der Ehrgeiz. Das ist, natürlich, noch nichts Schlimmes. Aber da er jetzt logischerweise immer öfter, eigentlich dauernd, schmerzlich an seine Grenzen gerät, beginnt er, noch während der Analyse des praktischen Mißlingens nach den inneren Gründen seines Scheiterns zu forschen.

Warum, zum Beispiel, hat er nicht an einem alten Holzteil den Farbton vorher getestet? Warum es gescheut, eine Arbeit aufzuschieben, bis ein geeigneteres Werkzeug, nebenbei: ein billiges Teil, besorgt war? Warum hat er, ein anderes Beispiel, bei seinen Planungen sich so sehr zurückgenommen, daß er bald schon wußte, das Ergebnis könne nur kümmerlich sein? Und warum hat er, da alles noch zu retten, stattlicher zu machen möglich gewesen war, am ersten Entwurf dennoch festgehalten?

Damit kommt der Stein ins Rollen. Auch wenn er nicht in seinem Hobbyraum sitzt, denkt der Mann nun häufig über sich und seine Methoden nach; und erst recht vor seinen Werkzeugen und Materialien sinnt er oft sehr lange und tief über den Zusammenhang von allem und jedem. Dabei wird er gewissermaßen überall fündig, sieht er insbesondere, zu seiner großen Überraschung, die offenkundigsten Entsprechungen zwischen Hobby und Geschäft: Seine Risikobereitschaft zum Beispiel, die nur aus Ungeduld resultiert, und dagegen abgehoben einen gewissen Kleinmut wider besseres Wissen. Jenes Sich-Unterwerfen unter die Maßstäbe und dahinter die ständige Gewißheit, es anders selbst viel besser zu können. Kurz, für alles und überall findet der Mann jetzt die handgreiflichsten Beweise.

Also bleibt es nicht aus: daß er alles, was ihm bislang im Geschäft an Wichtigem und Entscheidendem gelungen ist, nur dem Zufall, oder besser, einer günstigen Konstellation zuschreiben muß, die, von heute auf morgen, wegbleiben könnte. Und so wie er seine letzte Bastelei, seine ehrgeizigste, die ihm bei Gelingen ohne Zweifel die Erwähnung in einer Fachzeitschrift und die Einladung zu Messen hätte eintragen können, so wie er die im letzten Arbeitsgang aus Ungeduld, aus Fahrlässigkeit ruiniert hat, gleichermaßen ohnmächtig wie in Selbstüberschätzung, so wird ihn, denkt der Mann, in absehbarer Zeit ein ähnliches Verhalten im Geschäft Kopf und Kragen kosten und seine Familie mit ihm ins Verderben reißen.

Einmal versucht er tatsächlich, von seinen Befürchtungen zu sprechen. Doch man tut es ab. Sein Perfektionismus, heißt es, sei zur Genüge bekannt. Und so erfahren weder seine Familie noch insbesondere seine engsten Mitarbeiter, mit welchen Hemmungen, mit welcher Reserve, mit welch unendlichen Erwägungen und Skrupeln und mit welch tiefen Zweifeln er von nun an alles beginnt.

Kennerschaften

Ein lebenslustiger und geselliger Mann, der regelmäßig trinkt, was er einen guten Tropfen Wein nennt, erkrankt mit einem Mal, und beinahe auf den Tod. Zwar retten ihn die Ärzte, aber man auferlegt ihm die allerstrengste Diät; jeder Alkohol, heißt es, sei sein sicherer Tod!

Nun war der Mann, wie die meisten, kein begnadeter Kenner; er hatte sich nur im engen und eher zufälligen Bereich seiner Vorlieben ein wenig umgetan, war zum Beispiel lange Jahre Kunde einiger benachbarter Weingüter, die er auch gelegentlich bereiste. Doch nun, da ihm der Genuß versagt ist, stürzt er sich, noch während der ersten Phase der Genesung, auf alle Literatur zum Gegenstand, die er erreichen kann. Schon neben seinem Krankenbett stapeln sich Bücher und Bildbände; und kaum zu Hause, räumt er im Wohnzimmer eine Ecke frei, in die er sich jederzeit, bevorzugt aber abends, mit seinen Sachen zurückziehen kann.

Bereits nach wenigen Monaten ist dem Mann kaum mehr beizukommen. Er kennt jetzt alle Weinbaugebiete der Erde, weiß richtig ihre Geschichte, ihre bedeutenden Männer und ihre vornehmsten Produkte zu nennen. Doch damit nicht genug. Im Laufe des zweiten Jahres macht er sich an das genauere Studium der Herstellungsmethoden, liest er alles über die angemessenen Behandlungsweisen von der Aufbewahrung bis zur Präsentation. Und endlich im dritten lernt er die verschiedenen Geschmacksrichtungen korrekt zu bezeichnen. Er spricht jetzt geläufig nicht bloß von, zum Beispiel, Blume und Bukett, Herbe und Süße, sondern unterscheidet brandige und firne, rahne, rezente und strahlige Weine. Gelegentlich, insbesondere wenn Schwierigkeiten auftreten, besucht er professionelle Verkostungen, um bei Fachleuten nachzufragen; mit einigen bekannten Experten steht er in dauernder Korrespondenz. Und bei alldem rührt er keinen Tropfen an.

Daß die Angehörigen des Mannes ihn hierbei mit Sorge betrachten, bedarf keiner großen Erwähnung; zugleich sind sie voller Freude über die Fortschritte seiner Genesung, die er ohne Zweifel ganz besonders seiner Disziplin sowie seiner Mäßigung in allem und jedem verdanke. Und erst recht kann es nur Mut machen, daß der Mann immer häufiger wieder, wie früher, der Mittelpunkt abendlicher Geselligkeit ist.

Da sitzt er dann, im Kreise seiner Bekannten und Freunde. Vor denen stehen hohe, bauchige Gläser, die Mitte des Tisches füllen ein paar sorgfältig vorbereitete Flaschen. Alle, außer ihm, trinken; und wenn, was ganz natürlich geschieht, die Rede auf die Weine kommt, macht der Mann die eine oder andere Bemerkung dazu, schildert er etwa ihre Lage oder das Wetter im Jahr ihrer Ernte oder erzählt er eine erstaunliche Anekdote aus der Geschichte des Gutes. Besonders aber umschreibt er, wann immer eine andere Flasche entkorkt wird, und oft mit seinen eigenen Worten, den jeweiligen Geschmack so, daß es ihm kurz darauf die Trinker, jedesmal aufs neue verblüfft, als vollkommen richtig zugeben müssen.

Ein anderer Mann, der seit längerer Zeit unmäßig trinkt, in der Hauptsache Wein, doch gleich welcher Art und Herkunft, macht kurz vor dem Ruin aller seiner Geschäfte eine unerwartete und ganz bedeutende Erbschaft. Rasch und mit der nötigen Energie einschreitend, sorgen seine Angehörigen dafür, daß er aus allen Verbindlichkeiten befreit wird; eine glückliche Investition vervielfacht überdies das Verbleibende; und so kann der Vermögensverwalter dem Mann sogar eine stattliche Rente aussetzen.

Tatsächlich scheint der sich auch leidlich zu fangen. Seiner faktischen Sorgen vollkommen ledig, hält er wieder einigermaßen auf seine Erscheinung und folgt er einem halbwegs geregelten Tageslauf. Allein, das Trinken schränkt er keineswegs ein; nur kauft er jetzt, anfangs sporadisch, dann forciert, endlich ausschließlich, die edelsten und teuersten Weine, freilich samt und sonders zum alsbaldigen Verzehr. Dabei ist er nicht wählerisch im engeren Sinne; alles interessiert ihn, was als gut und selten gilt. Bald ist er Stammgast in den einschlägigen Läden; und endlich erscheint er auch auf Auktionen, wo man nur die begehrtesten Stücke anbietet.

Natürlich könnte der Mann bei alldem nicht ohne gewisse Kenntnisse bestehen, doch die erschöpfen sich weitgehend in Marktwerten und in Geschichten um kostbare Funde, obskure Verkäufe oder schreckliche Irrtümer. Und obwohl stets ein prompter Zahler, ist er für die meisten ein Ärgernis. Denn gelegentlich öffnet er schon im Geschäft, vor den Augen des Verkäufers und der Kunden, eine gerade erworbene Rarität. Und schlimmer noch: wenn er einen Sammler beim Zweikampf um ein lange gesuchtes Exemplar endgültig überboten hat, so nötigt er oft genug den Unterlegenen, gleich nach dem Zuschlag mit dem kostbaren Wein auf seinen Erwerb anzustoßen.

Bazar

Eine Frau berichtet, dabei immer wieder in Lachen ausbrechend, von einer Vorstellung – beinahe ein Alptraum! sagt sie –, die sie zwar nur im Wachen, doch zu den unterschiedlichsten Zeiten und ohne Ankündigung heimsuche. Und zwar: alle Dinge, so beginne es immer, die sie jemals besessen habe, würden ihr in einem geeignet großen Raum präsentiert, sauber in gewisse Kategorien unterteilt und weitestgehend nach ihrer Größe geordnet; in Regalen die kleinen, die größeren auf Podesten, Kleider und Mäntel zum Beispiel auf Bügel und Stange, die Wäsche gefaltet und so weiter und so weiter.

Und die Immobilien? sagt einer.

Habe sie zum Glück nie besessen. – Aber weiter! Jetzt gebe es, sagt die Frau, zwei Möglichkeiten. Die erste sei die: sie werde unter der Androhung furchtbarer Strafe im Falle von Weigerung oder unwahrer Aussage gezwungen, nach bestem Wissen und Gewissen zu jedem Ding zu sagen, wann und wo sie es gekauft habe, wie teuer es gewesen sei und wann und mit welcher Begründung sie es ausrangiert oder weggeworfen habe.

Entsetzlich! sagt ein anderer.

Nein! – Die Frau wehrt ab. Die schlimmere Variante sei: sie müsse, ebenfalls von Strafe bedroht, zu einem Teil, das jetzt ein Mann mit verbundenen Augen auswähle, möglichst vollständig angeben, an welchen unveränderlichen Kennzeichen sie es seinerzeit erkannt, was sie beim Umgang damit in der Regel gedacht habe und welche besonderen Ereignisse sie damit verbinde.

Das sei doch das leichtere, heißt es.

Auf den ersten Blick, ja! – Aber, sagt die Frau, nur für den, der sich aufs Lügen versteht. Hier zum Beispiel! Sie greift in ihre Handtasche und zieht einen kleinen Spiegel in einer bestickten Hülle hervor. Für alles Sachliche gibt es Anhaltspunkte; im Notfall ist es eben ein Geschenk gewesen. Wer könne sie da ernsthaft, wenn nicht quasi Gott, widerlegen wollen. Im anderen Fall aber: wenn man einmal ins Erzählen gerät – du lieber Himmel! sagt die Frau, Lügen haben kurze Beine! –, dann ist schon nach dem ersten unsicheren Satz alles unwiderruflich verloren.

Und die Strafe? Sie habe doch von einer Strafe gesprochen.

Die Frau wird ganz ernst. Die wolle sie sich, beim besten Willen, wirklich nicht ausdenken müssen.

Marotte

Erst nach ziemlich langer Zeit wird einer Frau bewußt, daß sie, immer drei, höchstens vier Monate lang, geradezu süchtig ist nach einem ganz bestimmten Lebens- oder Genußmittel. Dabei handelt es sich in der Regel um Markenprodukte, außerdem meist um solche, die zum schnellen Verbrauch gedacht sind. Also, um ein Beispiel zu nennen: Die Frau kauft, einen ganzen Sommer über, jeden Mittag einen Quark, in den man, unmittelbar vor dem Verzehr, knusprige, schokoladenüberzogene Flocken aus einem separaten Teil der Kunststoffschale rührt. Oder: Sie bestreicht einen halben Winter lang und bis weit ins Frühjahr hinein ihre Käsebrote mit einer Paste aus Curry, Ananas und Zwiebeln auf Joghurt-Basis. Und endlich: Kein Tag vergeht im Herbst, an dem sie nicht mindestens einen, kurz zuvor erst umbenannten und neu markteingeführten, karamelcremegefüllten Schokoriegel ißt.

Kaum nun, daß die Frau es endlich bemerkt, will sie dem Phänomen auch auf den Grund kommen. Und besonders interessiert sie, was genau macht, daß ihr, denn so geschieht es immer, die Lust auf die Sache von einem Tag auf den anderen vergeht, ja, daß die ihr regelrecht mit einem Schlage zuwider ist.

Zu der Zeit schwärmt die Frau gerade für eine Dosensuppe nach asiatischem Rezept. Aufmerksam beobachtet sie nun täglich, wie ihr Appetit darauf beständig steigt, wie am Nachmittag eine gewisse Vorfreude aufkommt und wie sie sich, wenn abends der scharfe Geruch aus dem Topf dringt, für vieles geradezu entschädigt fühlt. Also kaum ein Wunder, daß sie wenig Aufwand treibt. Meist ißt sie die

Suppe noch aus dem Topf, zwar unaufmerksam, gelegentlich liest sie dabei oder sieht fern, aber auch gierig; oft genug verbrennt sie sich an den ersten heißen Löffeln den Mund. Und dann ist da noch als kleine Besonderheit, daß sie zunächst die klare Flüssigkeit wegißt, bis zum Schluß die Einlage aus Bambussprossen und Gemüsen zurückbleibt.

Doch mehr ist dazu, beim besten Willen, nicht zu sagen; keinen Schritt kommt die Frau in der Sache weiter, so aufmerksam sie auch sein mag und so kritisch mit sich selbst. Und schließlich kann sie nicht anders, als es einen Tick zu nennen oder, vielleicht: eine harmlose Marotte. Jedenfalls nicht etwas, hinter dem alles mögliche steckte. Kein Zeichen für dies und das. Sprich vor allem, kein Grund zur Sorge. – Und in der Tat, kaum hat die Frau, ohne Vorsatz, aufgehört zu beobachten, was sie tut, da wird ihr die Dosensuppe, besonders die am Grund des Topfes sich sammelnde Einlage, urplötzlich zum Ekel; und sie ißt statt dessen ab sofort, obwohl die Tage schon kalt und kurz sind, jeden Abend mit großer Lust ein glänzend schwarz schokoladenüberzogenes Eis.

ANNONCEN

Spleen

Eigentlich solange er denken kann, hegt G., Ende Dreißig, eine ganz ausschließliche Vorliebe für eine eher seltene und ziemlich schwer zu beschreibende Art von Frau. Dabei habe sich ihm diese Art allerdings mit den Jahren so deutlich ausgeprägt, sagt G., daß er sie heute völlig eindeutig erkenne, gewissermaßen, als habe es sie immer schon und unabhängig von ihm und seiner Neigung gegeben.

G. liebt Frauen, die, so sagt er, wenn er in Eile ist, von anderen, oft abschätzig, Rockerbraut oder Lederfrau oder ähnlich genannt würden. Doch das treffe nicht; und lieber beschreibt G. rasch ihre Kennzeichen: Unabdingbar sind langes, wirklich hellblondes Haar, ein eher schmales Gesicht und ein schmaler Körper. Die Größe des Busens läßt G. unbestimmt, obwohl er aus seinem Vorzug kleinerer kein Hehl macht. Absolute Bedingung sind freilich lange, schmale Beine und ein kleiner, runder, beinahe schon männlicher Po.

Doch schon sehe ich G. wieder den Kopf schütteln. Jetzt habe er alles nur schlimmer gemacht! Denn bis hierhin sei nichts Wesentliches gesagt. Was bloß Natur ist, so G., ist auch Zufall. Und ihn fessele nichts, das nicht Absicht ist. Andererseits, bloß Einschlägiges sei ihm total zuwider. G. will kein Mitläufertum, nichts Äußerliches. Schon daher, sagt er, frequentiere er keine Lokale und besuche keine Konzerte; sich gar ein Motorrad zuzulegen käme ihm nie in den Sinn. Er will das Reine: eben die Absicht. – Und die erkenne er auf den ersten Blick.

Letzte Woche zum Beispiel. Die Frau steht vor einem Kaufhaustresen, hinter dem Koffer gestapelt sind. Sie spricht mit dem Verkäufer. G. sieht sie zuerst bloß von hinten. Beide Hände hat sie auf den Tresen gestützt; da sie groß ist, bleiben die Arme in den Ellenbogen durchgedrückt. Sie trägt eine dunkelbraune oder dunkelgrüne Lederjacke, Bluejeans, ihre Haare sind nachlässig aufgebunden und zusammengesteckt, in vielen Strähnen fallen sie über den hochgeschlagenen Kragen. Die Jacke ist kurz und tailliert, wo ein Gummizug sie kräuselt, sind die kleinen Falten aufgerauht. Gerade spreizt die Frau ein wenig die Beine, kurz steht sie still, dann wirft sie mit einem Ruck ihr Gewicht in die linke Hüfte.

Spätestens jetzt ist G. überzeugt. Wäre da etwa ein Aufnäher an der Jacke, oder ein Riß in der Jeans, gleich unterhalb des Pos, wer weiß! das könnte sonstwelche Gründe haben. Aber die Haltung sagt alles. Und die kleine, unwillkürliche Geste.

G. stellt sich nun so, daß er die Frau von vorne sieht. Sie ist, er hat es richtig erwartet, nicht mehr ganz jung und kaum geschminkt. Ihre Züge sind schmal, etwas hart, die Haut an den Wangen ein wenig unregelmäßig, ebenso die Brauen, nur die Lippen sind voll und geschwungen und rot. Sie will, sagt G., wie alle Frauen seines Typs, Frau sein, doch nicht, indem sie etwas tut, mit dem Gesicht vielleicht, mit den Händen, mit dem Busen oder der Hüfte. Sie sei vielmehr Frau in voller Absicht bloß aus dem Rest, der ganz ohne Zutun an Unterschied bleibe zum Mann. Nur seinen Frauen gelinge das! Und sie wüßten es, behauptet G.; und dieses Wissen berühre ihn noch mehr als die Haltung.

G. lebt seit langem allein. Seine erste Freundin hatte nicht seiner Vorstellung entsprochen, doch damals hielt er es für einen Tick, einen Spleen, den es zu bekämpfen galt.

Seine zweite Freundin trug schon die Züge seines Typs, kleidete sich auch gelegentlich so, doch neigte sie trotz einer gewissen Sprödigkeit zur Koketterie. Einige Jahre lebte G. dann noch in wechselnden, sehr oberflächlichen Bindungen, bis er sich schließlich unlängst, auch aus hygienischen Rücksichten, fast völlig zurückzog.

Die Frau im Kaufhaus hat mittlerweile vor sich drei Koffer zur Auswahl. Sie steckt die Hände in die Hosentaschen der Bluejeans und stößt mehrmals die Oberschenkel gegen den Tresen. G. tut, als interessierte er sich für Sporttaschen. Endlich stellt er sich neben die Frau. Schöner Koffer, sagt er, und sie sieht ihn an; er riecht auf die Entfernung, daß sie raucht. Leder, sagt G.; die Frau sagt nichts, und G. sieht langsam an ihr hinunter. Er weiß, sie wird nichts tun, nichts sagen; alles, was sie nicht berührt, ignoriert sie. Zwei, drei Sekunden, dann wendet G. sich ab, geht ein paar Meter, tritt hinter ein Regal und schaut zurück. Gerade zieht die Frau aus der Gesäßtasche einen Geldschein.

Sex mit solchen Frauen, sagt G., er fährt sich durch die Haare, sei streng genommen eine Zumutung. Zugegeben, sie haben Erfahrung! Manche seien geradezu versiert. Aber zu ihrer alltäglichen Erscheinung gebe es keine Steigerung, nicht einmal eine Entsprechung; nackt wirkten sie in der Regel vergleichsweise beiläufig. Einmal, sagt G., habe er aus Verzweiflung eine gezwungen, wenigstens die Lederjacke anzubehalten; als er dann auf ihr gelegen sei, habe ihm der Reißverschluß die Haare von der Brust gerissen. Hinter dem Regal denkt er noch kurz etwas Ausschweifendes, dann verläßt er das Kaufhaus.

Seines Aussehens und seines Charakters wegen war L. während seiner Jugend ohne Chance, ein Mädchen an sich zu binden. Er galt unbestritten als Sonderling oder Kauz, und alle seine, wenngleich unzureichenden Bemühungen, solche Urteile Lügen zu strafen, brachten ihm nur größeren Spott und viele grobe Verletzungen ein. Doch niemals fand er sich mit allem ab; man konnte ihn unter Umständen beharrlich nennen. Nach einem Studium, das er aus Neigung aufgenommen hatte, mußte er sich mangels offener Stellen umschulen lassen; indes geriet er später beinahe unbemerkt in die leitende Position eines Unternehmens, dessen Branche gerade boomte.

Freilich, weder Geld noch Einfluß änderten Wesentliches an L.s bestimmender Lage. Er ging jetzt zwar mit Geschmack gekleidet, sah, ein Mann an die Vierzig, gut erhalten und fast jungenhaft aus; seine schwere Brille hatte er gegen Kontaktlinsen vertauscht; seine kleine Wohnung inmitten der Großstadt richtete er nach und nach mit ausgesuchten Stücken ein; und er trieb jetzt das Hobby, das er sich immer gewünscht hatte treiben zu können. Aber seine Einsamkeit blieb nach wie vor dieselbe. Unentschlossen ging er an vielen Abenden in Lokale und verließ sie bald wieder, oder er besuchte Kulturveranstaltungen und schämte sich dort, weil er nur nach den Frauen sah.

Das ging so, bis endlich Studienfreunde von L., fast alle längst verheiratet und Väter von Kindern, heimlich seine Personalien zur Partnerschaftsaktion einer großen Zeitschrift sandten. Gerade noch rechtzeitig, bevor L. packenweise Briefe von Frauen erhielt, setzten sie ihn in Kenntnis; dabei verbaten sie sich jeden Vorwurf, räumten aber zugleich ein, daß er ihretwegen aus der Situation machen könne, was immer er für richtig halte. Ansprüche stellten sie nicht.

L. verbrachte nun viele Abende mit dem genauen Durchsehen der Briefe. Er legte verschiedene Kategorien an und vergab innerhalb deren Punkte nach einem System, das er mehrfach änderte. Doch am Ende mußte er sich eingestehen, daß er nicht eine der Frauen, die ihm geschrieben hatten, ernsthaft würde kennenlernen wollen. Er warf daher die Briefe weg und gab tags darauf seine erste Bekanntschaftsanzeige in einem Stadtblatt auf.

Seitdem trifft sich L. regelmäßig mit den Frauen, die ihm antworten. Und er hat tatsächlich im Laufe der Zeit alle Scheu verloren; selbst das jedesmal anders ablaufende, doch immer wieder unsägliche erste Erkennen und Ansprechen bereitet ihm kaum noch Probleme: er ziert sich nicht, sich am Telephon genauestens zu beschreiben oder vorher ausgemachte Gegenstände deutlich vor sich hin zu tragen. Oft fallen ihm sogar unvorbereitet ein neuer Scherz oder eine Wendung ein, die genügen, der Frau viel von der Spannung zu nehmen. Sie besuchen zusammen in der Regel Konzerte oder Filme und sitzen danach meist lange in Lokalen der Innenstadt. Gelegentlich kommt es schon am ersten Abend, ohne daß L. es forcierte, zum Austausch von Zärtlichkeiten, zum Beispiel von vorsichtigen Küssen beim Abschiednehmen am Taxenstand oder am Bahnsteig der U-Bahn. Und einmal hat L. sogar bei dieser Gelegenheit einer Frau unter den Mantel gegriffen und, ohne daß sie sich gewehrt hätte, ihren Busen heftig gedrückt.

Doch mehr davon nie! Denn spätestens beim ersten

oder zweiten Wiedersehen beginnt L. zum Erschrecken der Frauen, nicht nur ausführlich von seinem Leben, seinen Vorlieben zu sprechen und von allem, das er, obwohl er es bislang nie besessen hat, eigentlich für unverzichtbar hält. Sondern er schildert auch in aller Deutlichkeit, welche Abstriche davon unter den gegebenen Umständen zu machen sind und womit er sich eben noch zufriedengeben will.

Dabei hat er das lange getan, ohne sich groß Gedanken zu machen. Doch selbst als er endlich einsehen muß, daß solches Reden ihm alle Frauen vertreibt, ändert er nichts. Und aus guten Gründen! Denn wenn er nicht, sagt er, das Schreckliche dieser Begegnungen so schnell wie möglich durch die ganze Wahrheit zu mildern versuche, müsse die Lage für ihn und auch für die Frauen über kurz oder lang unerträglich werden.

Es bleibt daher alles, wie es ist: L. spricht weiter von der oberen Grenze des Möglichen und der unteren des Erträglichen; sehr wenige der Frauen fallen in sein Reden ein; und davon wiederum nur eine Handvoll hält später lockeren Kontakt zu ihm, jedenfalls solange er sie gelegentlich anruft oder ihnen schreibt. Eine Einzige lädt ihn zu ihrer Hochzeit ein.

Mesalliance

Schon in den letzten Klassen des Gymnasiums war D. mit einem gleichaltrigen Mädchen zusammen, das nach der Mittleren Reife eine Ausbildung als Sachbearbeiterin bei einer Bank begonnen hatte. Diese Beziehung galt unter D.s Klassenkameraden nun keineswegs als abwegig, nicht allein, weil zu dieser Zeit jede Äußerung von Standesbewußtsein verpönt war, sondern vielmehr, weil D.s Umgang mit dem Mädchen voll Innigkeit und Selbstverständlichkeit schien, Eigenschaften, die in den Beziehungen der Freunde noch kaum zusammenkamen.

Allerdings war D.s Freundin anderen gegenüber scheu, oder besser wortkarg und abweisend. Sie konnte abends stundenlang in einer Ecke des Schülerlokals stehen und geradezu grimmig vor sich hinblicken. Am wenigsten geraten war es dann, sie anzureden; doch das tat sowieso kaum einer ohne besonderen Grund. Wenn sie besser gelaunt war, sprach sie meistens über D., stets mit einer etwas platten Ironie, die ihr keiner übelnahm.

Nach dem Abitur lockerten sich schlagartig die Freundschaften, und kaum etwas blieb, wie es war. Viele verließen die Stadt, in der Regel sah man sich, wenn alles gutging, nurmehr an den Wochenenden. Fast alle Liebesbeziehungen scheiterten an den Umständen. Nur D. und seine Freundin blieben zusammen. Sie zogen in eine gemeinsame Wohnung, und D. nahm es auf sich, jeden Tag eine erhebliche Strecke zur nächsten Universitätsstadt und wieder zurück zu fahren. Seine Freundin hatte mittlerweile die Ausbildung beendet, und mit ihrem Gehalt und seiner Unterstützung lebten sie in dieser Wohnung verhältnismäßig gut; ja, mancher Besucher am Wochenende berichtete anderswo und mit einem leichten Befremden sogar vom Anschein des Bürgerlichen oder wenigstens Saturierten.

Aber allmählich änderte sich der Tonfall, und das kam so: D. betrieb intensiv sein Studium, es schien, als wolle er eine Universitätslaufbahn einschlagen. Zur Zeit seines Examens standen in seinem Arbeitszimmer die Bände einer wissenschaftlichen Reihe so vollständig in den Regalen, daß die Farben ihrer Rücken, wie vom Verlag vorgesehen, eine Art Muster bildeten. Wann immer nun ein Besucher darauf hinwies, die meisten aus einer Art kollegialem Humor, so erschien die Freundin wie gerufen in der Tür und erklärte D. in einer langen und ziemlich hilflos ironischen Rede für vollkommen verrückt. D. selbst lachte dann vielleicht; oder er zog einen der Bände hervor und sprach darüber, bis die Freundin von weiteren Bemerkungen absah und in einem anderen Zimmer verschwand. Dennoch verständlich, daß daraufhin keiner die Wohnung verließ, ohne sich nun endlich zu fragen, wie um alles in der Welt die beiden noch immer zusammen waren.

Gegen Ende des Studiums verloren sich die Freunde fast vollständig aus den Augen; wenn man voneinander hörte, so meistens per Zufall und über Dritte. Und allmählich ragte immer merkwürdiger und rätselhafter aus allen Meldungen von Abschlüssen, Hochzeiten, Umzügen und Berufsantritten die Nachricht, daß D. und seine Freundin, wenn auch mittlerweile in einer anderen Stadt, weiter zusammenlebten, ohne daß doch irgendwie zu sagen sei: was sie so sehr aneinander band und was sie miteinander trieben.

Dieser Satz wurde endlich eine Art Scherz, oder besser ein Erkennungszeichen der Ehemaligen. Man rief ihn sich zu, wenn man einander doch einmal begegnete, vor Weihnachten etwa in einer Einkaufsstraße der Heimatstadt, Frau und kleine Kinder schon dabei, in Eile und aufrichtig traurig, nicht mehr Zeit füreinander zu haben. Oder in einem der Lokale, das man mit der heimlichen Absicht besucht hatte, jemanden wiederzusehen. Immer hieß es dann: Was treiben wohl D. und Andrea? Und als Antwort kam ein Gelächter.

Irgendwann soll dann noch einer, der zufällig in der besagten Stadt war, D.s Adresse herausgesucht und ihn geradezu überfallartig besucht haben. Und da habe ihn D. sehr herzlich empfangen, sie hätten lange geplaudert; und die Freundin habe dabei gesessen, etwas abgewandt, kurz angebunden und mit irgendeiner Arbeit auf dem Schoß.

Auch das ist jetzt schon lange her. Die Kinder gehen selbst zur Schule, haben Freundinnen und Freunde. Manche Ehe ist gescheitert; einer ist tot, ein anderer lebt im Ausland. Es hat sogar ein Jubiläumstreffen gegeben. D. war nicht dabei, seine Adresse war nicht ausfindig zu machen gewesen; und niemand, so hieß es, hatte noch weiter von ihm gehört. Gesprochen wurde freilich, fast den ganzen Abend und immer wieder, wenn die Themen ausgingen, über die beiden, ganz besonders über die Freundin. Und da war dann alles wieder: ihr grimmiges Vorsichhinblicken, ihre Wortkargheit und ihre unbeholfenen ironischen Sätze.

Tournee

Der Musiker T., der vergleichsweise spät als Solist auf sich aufmerksam gemacht hat, gerät bei seinen Tourneen abends regelmäßig in die Gesellschaft attraktiver Frauen vom Fach. Sie sind allesamt nicht mehr ganz jung und meist sogar ein wenig älter als er selbst, der er immer noch als Neuling gilt. Doch T. hegt eine große Vorliebe für diese Frauen. In seiner Jugend eher schüchtern, hat er lange an seinen Hoffnungen gelitten; sein körperliches Verlangen blieb oft genug unerfüllt. Später dann hat er sich damit abgefunden, allein zu bleiben, und im Zuge der allgemeinen Ansteckungsgefahr schließlich auf alles verzichtet. Daran ändern, bislang, auch nichts die Frauen, die er jetzt trifft; und wieviel er an Sicherheit im Umgang mit ihnen erwirbt, ist gar nicht leicht zu sagen.

Immer beginnt es damit, daß T. diese Frauen, während er mit ihnen spricht, genauestens ansieht. Nicht alle, vermutet er, sind in ihrer Jugend ausgesprochen schön gewesen, bei manchen läßt sich sogar vorstellen, wie sie damals, mit undeutlichen Zügen, unvorteilhaften Frisuren und ungelenken Bewegungen, noch weniger als Mittelmaß waren. Doch ihr Metier, und dadurch bedingt der dauernde Umgang mit schönen oder doch wenigstens vornehmen Gegenständen, muß sie geformt und geprägt und ihren Ehrgeiz geweckt haben, bis alles mögliche unternommen und erschöpft war. Jede von ihnen, so T., gleiche jetzt einem Kunstwerk. So durchdrungen seien ihre Erscheinungen von Aufmerksamkeit und Gewißheit. So sehr wirkten sie daher, wenigstens auf ihn, als vollendet.

Am meisten aber liebt T. an diesen Frauen die kleinen,

wenngleich unübersehbaren Zeichen des Alters. Da sind vielleicht die vorstehenden Vorderzähne durch makellos gerade weiße Kronen ersetzt worden und hat daher die Oberlippe an Spannung verloren und sich in ein oder zwei Dutzend winzige, messerscharfe, senkrechte Falten gelegt. Oder ein unbedeutendes Leiden hat die Fingergelenke sich leicht verdicken und die Nägel spröde werden lassen. Oder durch sorgfältiges Wahren des Idealgewichts treten an den Hüften und unter den Schultern Knochen aus dem Körper hervor.

T. registriert bei seinen Gesprächen diese Zeichen mit größter Aufmerksamkeit. Später dann, in den Hotelzimmern, die er während der Tourneen bewohnt, sieht er sich im Spiegel an. Für sein Alter ist seine Haut im Gesicht auffallend straff und glatt, zumal wenn er sich sorgfältig rasiert; sein Haar ist fast voll, und er trägt es mittellang in einer schlichten Frisur. Auf der Stirn hat er zwei gleichmäßige Falten, die sind wie hingezeichnet. Über den Lenden wölbt sich sein Bauch ein Stück vor, und eine sauber verheilte Operationsnarbe verschwindet genau in der Fleischfalte seitlich über der Scham. Seine Füße sind an den Sohlen stark verhornt, die Zehen regelmäßig und die Nägel intakt, mit freundlich rosafarbenen Nagelbetten.

Liegt T. endlich im Bett, hat er das Gefühl, ihm könne nichts Schlimmes geschehen. Er stellt sich dann in allen Einzelheiten vor, wie es wäre, mit den Frauen, mit denen er gesprochen hat, zu schlafen. Sie müssen, denkt er, damals, als sie noch lange glatte Haare, ein auffälliges, falsches Make-up oder bestickte Jeans und Hemden getragen haben, sehr leidenschaftlich gewesen sein, und diese Leidenschaft hat sich weder erfüllt noch erschöpft. Jetzt sind sie vorsichtig, in allem, was sie tun oder sagen.

Doch T. fällt es leicht, sie sich als Furien zu denken. Es bedarf nur einer kleinen Wendung, dann hört er sie schreien vor Erregung und sieht sie Dinge mit ihm tun, die sie früher anderen Männern verwehrt haben. Meistens reißen sie ihn mit sich, um ihn dann, wenn sie ebenso ratlos wie hemmungslos sind, stumm anzuflehen, er möge sie aus diesem Dilemma erlösen. Und dann geht er mit ebensoviel Sorgfalt wie Gewalt zu Werke, bis sie das vollkommen beruhigende Gefühl haben, zu allem gezwungen worden zu sein.

Danach wiederholt sich T. oft die Gespräche, die er mit den Frauen geführt hat. Immer hat er ihnen nach dem Mund geredet. Mit seinen Meinungen hält er seit langem zurück. Oft lügt er, wenn er keine Folgen fürchten muß; so behauptet er etwa, verheiratet zu sein, spricht er von Kindern und Neffen und Nichten, um die er sich kümmere. Oder er erzählt, wenn es besser paßt, von Beziehungen, die gescheitert sind, oder von einer unglücklichen Liebe. Oft verabschiedet er sich von den Frauen mit einer sehr innigen Geste, meistens wird er damit von ihnen verabschiedet. Wohnen sie im selben Hotel, so kommt es vor, daß sie zusammen den Aufzug nehmen und sich, wenn er anhält, nicht nur *Gute Nacht*, sondern zum Beispiel auch *Angenehme Träume* wünschen. Selten sieht T. diese Frauen noch einmal am nächsten Morgen; wer weiß, wie das kommt. Bei späteren Begegnungen geht er ihnen aus dem Weg.

GRASENDE KÜHE

Herr und Hund

Der Herr ist ein Mann in den jüngeren Jahren, mehr ist darüber kaum zu sagen, denn er liegt weiter hinten, an einen Baum gelehnt, und hat einen Hut halb übers Gesicht gezogen. In der Rechten hält er eine Milchflasche, mit der Linken rückt er bisweilen an dem Hut, wenn der ihm ganz vom Kopf zu rutschen droht. Seine Beine sind ausgestreckt, und seine Füße weisen so weit nach außen, wie das Füße gewöhnlich tun, wenn einer auf dem Rücken liegt.

Der Hund steht näher. Es ist ein ziemlich großer, schwarzer Rüde mit dichtem, glattem Fell, kurzen, spitz zulaufenden Ohren und kräftigen Läufen. Er hechelt, die lange, rote Zunge hängt ihm seitlich aus dem Maul. Denn er springt schon seit geraumer Zeit, sobald der Mann nur *Hopp* ruft, fast ohne Ansatz über ein rotweißes Kunststoffband, das, um eine Baustelle zu sichern, zwischen zwei Stangen etwa in Höhe seines Kopfes gespannt ist.

Ob der Hund mit Begeisterung oder aus Vergnügen springt, kann mit Sicherheit keiner sagen. Unmittelbarer Zwang scheint jedenfalls ausgeschlossen, das *Hopp* genügt. Freilich, ohne Kommando springt er nicht; doch wenn der Mann, mag sein aus Faulheit, im *Hopp*-Sagen innehält, läuft der Hund zu ihm hin, stellt die Ohren auf, nimmt die Zunge ganz ins Maul, bellt ein paarmal, stürzt zum Band zurück und ist beim nächsten *Hopp* zum Sprung bereit. Und dann noch: steht der Hund gerade jenseits des Bandes, wenn die Kommandos ausbleiben, so geht er darunter hindurch, um zu bellen.

Es ist weit nach Mittag, ein schöner, wolkenloser Tag.

Viele Passanten betrachten die Szene; und man könnte das, so scheint es, endlos tun, würden nicht dringende Geschäfte rufen.

Fachmann für kalte Tiere im Zoo

Eingetroffen im Zoo der sibirischen Stadt T. ist jetzt ein Fachmann, dem es gelingen soll, die Tiere dort in diesem unerbittlich kalten Winter, bei bis zu minus sechzig Grad, vor dem Erfrieren zu retten. Der Mann tut das nicht zum ersten Mal, und hätte er anderswo nicht mit so großem Erfolg gearbeitet, man hätte ihn nicht eigens einfliegen lassen und außerdem zu einem hohen Preis. Beinahe hat sogar schon die Entscheidung, ihn, den teuren Spezialisten zu bitten, den Verantwortlichen alle Sorge genommen.

Die Arbeitsweise des Mannes ist denkbar einfach. Er weiß, Apparate stehen ihm kaum zur Verfügung, und immer drängt zusätzlich die Zeit. Da hat er nichts groß zu planen und nichts zu entwerfen; er muß mit dem auskommen, was ist. Und das sei, sagt er: einzig die Wärme der Tiere selbst. Die habe er zu bewahren oder zu fördern. Also beschränkt er, je nach der Art, mal den Auslauf und zwingt die Tiere, eng nebeneinander, Flanke an Flanke sich zu wärmen; oder er läßt rasch die Gehege erweitern, durchbrechen ins Nachbarterrain, und mit Krach und Tschingbumm macht er die Tiere laufen, wenns sein muß den ganzen Tag. Woanders sperrt er solche zusammen, die in der Natur einander zur Nahrung dienen, und es reicht immerhin diese tödliche Feindschaft, wenn auch zur Attacke die Kräfte fehlen, daß beide Parteien in Bewegung oder wenigstens in Spannung bleiben und sich nicht erstarrend dem Kältetod hingeben.

Wieder andere Arten stimuliert der Mann durch die gezielte Gabe von Mitteln, die er in großen Mengen bei sich führt, zu geschlechtlicher Aktivität; oder er heuchelt ihnen, indem er kleine Puppen und ausgestopftes Zeug in ihre Nester schiebt, die Elternschaft vor, daß sie sich in dauernder Zeugung oder in verzehrender Sorge um ihre Kinder wach und warm und wenn nicht bei Kräften, so doch am Leben halten.

Jeder Kälteeinbruch hat ein Ende. Das wartet der Mann niemals ab. Sind alle Instruktionen verteilt, alle Mittel vergeben, reist er weiter. Dankbriefe aus aller Herrn Länder zieren sein Arbeitszimmer zu Hause; dort freilich ist er fast nie, so oft bedarf man seiner.

Grasende Kühe

Man steigt, wenn man nicht in Eile ist, vom Fahrrad, um sich das anzusehen. Da stehen auf dem Rübenfeld vielleicht 25 oder 30 weißbraune Kühe nebeneinander in einer Reihe, die Köpfe in die gleiche Richtung gesenkt. Sie reißen an den langen, grünen Blättern, die vor ihren Mäulern kniehoch stehen, während hinter ihnen das Feld wie abgeerntet liegt. Erst wenn man näher herantritt, bemerkt man die Vorkehrung, die hier getroffen wurde: Quer über das Feld und knapp oberhalb der grasenden Mäuler ist ein elektrischer Draht gespannt. Und jeden Tag, so kann man sich gegebenenfalls belehren lassen, wird er einen oder vielleicht zwei Meter weiter hinten gezogen, um einen neuen schmalen Streifen vom Grün freizugeben.

Die Rübenblätter scheinen den Kühen zu schmecken. Die eine oder andere gibt bisweilen ihren Platz in der Reihe auf, doch nur, um sich anderswo zwischen die weißbraunen Leiber zu schieben und dort an den Blättern zu reißen. Beständig fahren den Tieren Schauer über Rücken und Flanken, sei es von der Nähe der anderen oder um die Fliegen zu verjagen.

Man hat das einmal gelernt: Im Kuhmaul fehlen an beiden Seiten einige Zähne. Durch diese Lücke fährt die lange, starke Zunge, schlingt sich um Blätter und Gräser und schneidet sie, während sie ins Maul gezogen werden, über den scharfen Vorderzähnen ab. Aber das muß man wissen, sehen kann man es nicht, denn es geschieht schnell und im Verborgenen. Vielleicht ließe es sich besser beobachten, wenn man eine der Kühe heranlocken und ihr ein Blatt hinhalten würde, in Brusthöhe über den

Zaun. Aber die Kühe lassen sich nicht anlocken, nicht einmal auf lautes Rufen geben sie acht.

Man beobachtet das alles an einem der letzten Spätsommertage, der Himmel ist stahlblau, ein Kastanienbaum steht wie gelb übersprüht am Weg; und je nach Blickrichtung blendet die Sonne oder wirft sie scharfe Schatten in das Feld, auf dem die Kühe stehen und fressen.

Silberfische

Man hat – und das unfreiwillig Besitzanzeigende wird mit einem Mal gefährlich – im Badezimmer eine Art von Ungeziefer. Freilich, im Bad läuft jedes Tier Gefahr, als Schädling zu gelten; doch die Silberfische, um solche handelt es sich, waren schon vorher zum Ungeziefer erklärt, abzulesen insbesondere daran, daß spezielle Vernichtungsmittel im Handel sind.

Ihr Name ist ohne Zweifel gut gewählt. Sie sind von eindeutig silbriger Farbe, sogar mit leichtem metallischem Glanz; und ihre Bewegungen auf den Fliesen lassen durch ein Jähes, Ruckartiges und Schlingerndes durchaus an Fische denken. Man kann das vor dem Zubettgehen genau beobachten; und sicher entspringt ein Gutteil des Ekels, den diese tröpfchenförmigen und scheinbar fußlosen Tiere erregen, ihrer Anmut, ihrer Wendigkeit und vor allem ihrem harmonischen Aussehen, hinter dem man unwillkürlich eine besonders heimtückische Spezies vermutet.

Nicht ganz ins Bild passen will allerdings, daß die Silberfische keinerlei Fähigkeit zu besitzen scheinen, sich vor dem Angriff des Menschen zu schützen. Wenn man das Badezimmer betritt, muß sich nach ihrem Maß ein gewaltiger Riese oder besser ein Naturereignis ihnen nähern; aber sie tun nichts Rechtes, um ihm zu entrinnen. Einer zieht ein paar enge Kreise auf dem Boden, als wollte er sich der Aufmerksamkeit empfehlen. Und wenn dann die Hand mit dem Papiertaschentuch dicht über ihm ist, hält er still und läßt sich zu einer silbrigen Spur zerreiben. Ein anderer läuft an der Wand entlang, hin und her, als fände er die Spalte unter der Heizung nicht mehr, in der er und die Seinen leben. Es ist beinahe, als wollte er von anderem ablenken. Ein dritter verschwindet zwar, kaum daß man ihn kurz unbeachtet ließ, aber er hat nur das nächstliegende Versteck unter der Badematte gewählt, töricht wie ein Kind, das glaubt, sich unter einem Tisch verbergen zu können.

Dennoch läßt man ihn laufen. In der Regel tötet man pro Abend nicht mehr als einen. Zum Kauf des Vernichtungsmittels, auf dessen Packung ein Silberfisch in mehrfacher Vergrößerung abgebildet ist, kann man sich nicht entschließen. Der Silberfisch, so heißt es, ist ein unsagbar altes Tier, unverändert seit dem Paläozän, eine nicht weitergeführte Entwicklung, praktisch ausgestorben trotz seiner Vielzahl; und solange er weiterhin jeden Abend einen der Seinen klaglos opfert, duldet man ihn also als Ungeziefer im Bad.

Ein Pferd im Haus

In einer Großstadt muß ein Mann Mitte Vierzig ein Pferd in seiner Wohnung im zweiten Stock gehalten haben, und zwar eine ganze Zeitlang, bevor es die Mitbewohner zur Kenntnis nahmen. Zum Weiden führte der Mann das Pferd in die benachbarten Anlagen. In der Wohnung oben hatte er zwei der drei Zimmer leergeräumt und mit Stroh ausgelegt. Die Möbel, darunter sein Bett, standen im dritten; doch meist waren beide zusammen in der Küche, wo der Mann auf einem nackten Holztisch große Mengen an Gemüse und Obst schnitt, die er täglich als Abfall vom Großmarkt holte und die ihm das Pferd, kaum hatte er sie geschnitten, von der Tischplatte wegfraß. Den täglich gesammelten Kot des Pferdes warf der Mann, meist auf dem Weg zum Großmarkt, unter die Büsche und Rosensträucher in immer anderen Parks.

Über diesen Mann wußte man wenig mehr, als daß er stellungslos und ohne Anhang war. Nie erhielt er, so hieß es, Besuch. Und selten Post. Endlich beschwerte sich einer, dem das Pferd allein, ohne Mann, im Treppenhaus begegnet war; und mit der Begründung, eine Wohnung sei kein geeigneter Ort zur Unterbringung eines Pferdes, ordnete das zuständige Amt dessen Überstellung in ein Tierheim an.

Bald darauf fuhr ein Pferdetransporter vor. Ein Bescheid wurde ausgehändigt. Der Mann sah, daß dagegen nichts zu unternehmen war, und er schnürte, während das Pferd schon verladen wurde, rasch noch ein paar Decken und Geschirre zusammen. Sodann packte er einen kleinen Koffer. Und verhältnismäßig ruhig kündigte er an, er werde zu Fuß dem Transporter folgen. Denn wenn schon, sagte er, das Pferd nicht bei ihm wohnen dürfe, dann wohne eben er bei dem Pferd.

GUTACHTEN

Die Jacke

Er habe sich, sagt der Mann, erst nach reiflicher Überlegung entschlossen, den Vertrauensarzt aufzusuchen. Denn obwohl ihn sein Leiden, er nenne das jetzt einmal so, seit geraumer Zeit verfolge und sein Leben ganz entschieden präge, sei er doch bislang außerstande gewesen, klar und deutlich zu sagen, was genau die Sache ist.

Sehen Sie, sagt der Mann. Worum es mir immer zu tun war, das ist das Kurze, das Knappe. Daß man, naheliegendes Beispiel, nachdem man zunächst im Wartezimmer, dann vor dem Behandlungsraum Zeit gehabt hat, sich zu sammeln, auf die Frage des Arztes sofort erwidern kann: Da sitzt der Schmerz! Zu dieser oder jener Tageszeit erscheint er. Bei dieser oder jener Tätigkeit wächst er. Nach dem Genuß von, was weiß ich –, er macht eine Handbewegung. Und ohne diese Fähigkeit habe ich mich, sagt er, der ich sonst beileibe kein Kind von Traurigkeit bin, schlechthin geschämt, irgend etwas zu unternehmen.

Der Vertrauensarzt macht die ersten Notizen im Krankenbogen.

Endlich, so der Mann, sei es ihm wie Schuppen von den Augen gefallen. Aber der Reihe nach! Das war am letzten Sonntag, sagt er. Ich steige morgens aus dem Bett, und auf dem Weg zum Bad, heiter und, ja, ganz umhüllt von dem Gefühl, nicht zur Arbeit zu müssen, bemerke ich, daß mir vollkommen fehlt, was ich jetzt einmal, vorläufig, die Totalempfindung meines Berufslebens nenne.

Der Arzt schreibt mit.

Nicht, daß ich jetzt mißverstanden werde! Der Mann tippt sich an den Kopf. Und bleiben Sie mir weg mit irgendwelchen Begriffen! – Natürlich wußte ich, als was, wo und woran ich arbeite. Ich hatte das Bild meines Büros vor Augen, ich hätte die Namen meiner Mitarbeiter nennen können, die Daten unserer Projekte. Aber! er zieht die Stirn in Falten, was vollkommen fehlte, war zum Beispiel, und jetzt lachen Sie nicht: die aktuelle Temperatur der Beziehungen, der genaue Grad meiner Zufriedenheit mit allem und jedem, und am meisten: die Unzahl der Kleinigkeiten, zusammengeschossen in einem einzigen Duft oder Geschmack, oder Ton. Verstehen Sie das?

Der Arzt sieht hoch vom Papier.

Etwa so: Das Fenster zum Hof schließt seit Jahren schwer, eine Sekretärin leidet an chronischem Asthma, nachmittags, ab zwei, drei Uhr blendet die Sonne im Monitor des PCs, der Reinigungskolonne begegnet man in der Regel am Montagmorgen und immer so weiter; und mit den Jahren ist – der Mann macht eine entsprechende Bewegung – aus all dem etwas entstanden wie, ja wie eine Jacke, in der man augenblicklich steckt, wenn einem die Sache durch den Kopf geht.

Eine Jacke, sagt der Arzt.

Ja, warum nicht! Der Mann schürzt kurz die Lippen. Und genau die habe ihm an diesem Sonntagmorgen auf dem Weg ins Bad gefehlt. Ich ging, sagt er, wie nackt! Und – ich merkte, daß ich ging. Also, daß es dauerte. Nicht sehr lange, Gott bewahre! Aber doch meßbar, vier, fünf Schritte. Eine schlimme Zeit! Dann sei alles wieder dagewesen. Ohne besondere Anstrengung. Licht an! Er schnippt mit den Fingern.

Und so ist es immer, sagt der Mann. Dutzende Male in den letzten Monaten ist es ihm ganz ähnlich ergangen, in den verschiedensten Lagen, mit den verschiedensten Sachen. Und jedesmal, er schlägt mit der flachen Hand auf den Tisch, dieselbe Gewißheit: es wird sich nicht davon berichten lassen, ohne daß ihm das Entscheidende fehlt.

Das Entscheidende? sagt der Arzt.

Ja. Auch eben, sagt der Mann, während seiner Erzählung, nichts habe er da stärker gespürt als den Mangel. Aber seis drum! er faltet die Hände, letzten Sonntag: da ist mir zusammen mit dem Ton, das heißt mit der Jacke, eine Ahnung gekommen. Er grinst und zwinkert zum Arzt hinüber.

Der hat den Stift beiseite gelegt. Er zieht die Brauen hoch, bläst die Backen auf und wiegt fragend den Kopf.

Richtig! ruft der Mann. Und seitdem er das wisse, sei ihm alle Angst genommen. Beinahe warte er jetzt, offen gestanden, auf den nächsten Vorfall, fast sei er gespannt, wo und wie es ihn packen werde. Was ihm abgehe, und wie lange diesmal, und wie es zurückkehre. Und als was.

Der Arzt hat wieder den Stift genommen. Aber warum kommen Sie dann zu mir?

Der Mann zeigt auf den Krankenbogen. Sie nehmen doch alles zu Protokoll, sagt er. Und es müsse ja, für alle Fälle, zu den Akten.

Abgerutscht während eines Schnittes, bei dem die linke Hand den Gegenstand gegen die Schnittrichtung drückt, fährt das nur mäßig scharfe Teppichbodenmesser gerade über die innere Rückenseite des linken Daumens, fast mittig, und zieht für zwei Zentimeter eine der viertelrunden Hautfalten des Gelenkes nach, bevor es seitlich nach unten ausbricht. Die Gewißheit einer ernsten Verletzung stellt sich schon während des Vorgangs ein; und tatsächlich ist der enorme Blutaustritt nur durch Anlage eines straffen Notverbandes und mit der Folge eines partiellen Abbindens einzudämmen. Anschließend keine Sekunde gesäumt, eine Ambulanz aufzusuchen! Und dort keine Verzögerung der Behandlung. Eine Sehne erweist sich als durchtrennt; nachdem sie, unter Betäubung, vernäht ist, werden die glatten Wundränder mit fünf Stichen zusammengehalten und wird alles, unterhalb der Nagelspitze des Daumens beginnend und über das Handgelenk bis halb den Unterarm hinauf, in Gips gelegt.

Schmerz im herausragenden Sinne tritt währenddessen nicht ein. Auch nicht, als die Betäubung langsam schwindet. Nur, vielleicht, etwas wie ein sehr ungutes Gefühl; doch das steht noch zurück hinter dem Ärger über die Ungeschicklichkeit, die zu allem geführt hat, und ihre lästigen Folgen. Zumal es unmittelbar vor den Feiertagen geschah.

Erst nach einer knappen Woche ist eine Veränderung zu bemerken; es löst sich nämlich im Inneren des Gipses der Daumen von den Seitenwänden, an denen er bislang eng gelegen hat, zugleich stößt der inzwischen gewachsene Nagel, obwohl ihm doch Platz gelassen war, gegen das Loch oben im Verband. Umgehend setzt daraufhin, unwillkürlich, ein Schürfen und Kratzen ein, fast pausenlos, und sinnvoll zwar als Einübung der Bewegung, doch merklich eine Steigerung der Ungeduld und des Ärgers über die Einschränkungen. Mit Spannung wird daher der Moment der Gipsabnahme erwartet. Und es werden Pläne angestellt, was vom zwangsläufig Liegengebliebenen als erstes zu erledigen sei.

Aber den Gips herunter, ist der Daumen erst einmal zu nichts in der Lage! Regelrecht abgemagert, faltig bis hinunter zum Ballen und mit langem, gelbem, hornigem Nagel, die blutverkrusteten Fäden um seine Mitte, steht er zitternd und plötzlich auch schmerzend da, hochempfindlich und vollkommen unfähig, einen Gegenstand zu fassen oder zu halten. Neben den rechten, den gesunden, gelegt, ist er nichts als ein Bild des Jammers.

Er bedarf offenkundig der Pflege, jetzt noch mehr als zuvor; und da er gewaschen ist, die Fäden gezogen, der Nagel geschnitten und die Haut mit Creme eingerieben, läßt er sich auch wieder vorsichtig tragen. Doch meldet er freilich bei jeder Gelegenheit und besonders, wenn er, mit oder ohne Absicht, einmal rauher herangenommen wird, was alles er nicht mehr oder jedenfalls noch nicht wieder könne. So ist er beispielsweise nicht zu beugen, das heißt nicht so, wie er es einmal war. Und fühllos ist er, jedenfalls an der betreffenden Stelle und meistens. Fühlt er hingegen, so nicht richtig, will sagen: mal ist ihm zum Beispiel die Berührung durch den Zeigefinger unerträglich, dann wieder braucht er den und die anderen, um sich darin regelrecht zu verkriechen, als müßte er jede andere Berührung fürchten. Die wenigen Haare, die im Bereich der Narbe wachsen, bringt er nur als dicke, nichtsdestoweniger überempfindliche Borsten heraus; und bei Wetterwechsel schmerzt er wie unter einer akuten Verstauchung.

Auf lange Sicht also unumgänglich, den Arzt noch einmal aufzusuchen. Aber der wirft nur einen kurzen Blick auf den Daumen. Das sei alles ganz natürlich so, sagt er und rollt ein Schaubild aus; die Hautschichten erscheinen hundertfach vergrößert. Und daran erläutert er: die Fähigkeit des Gewebes, alle und auch die vollkommen durchschnittenen Verbindungen zu rekonstruieren; den Prozeß, in dem die, wie er sagt, Zentrale langsam lerne, aus den verstümmelten, nein, aus den neu codierten Daten ihre Schlüsse zu ziehen. Und schließlich: wie es dazu komme, daß solche Stellen gerne sogar einen Überschuß an Informationen Richtung Zentrale abgehen lassen.

Da ist nicht schlecht staunen. Welch ein Aufwand auf kleinstem Raum! Und, einerseits gibt solches Wissen mehr Grund zur Sorge: was kann nicht alles mißlingen. Andererseits ist es eine große Beruhigung. Jedenfalls, wie es das Warten aufs Eintreten der Normalität merklich verkürzt: das ist beinahe ein Wunder.

Neujahrsmorgen

Da bemerkt einer, es ist schon weit nach Mitternacht, eher früher Morgen, beiläufig folgendes: für ihn habe, etwa seit der Mitte des 18. Jahrhunderts, jede Epoche eine gewisse Färbung, an der er sie erkenne.

Fast hätte keiner hingehört. Oder besser, es sind die meisten zu müde fürs Nachfragen. Endlich aber läßt man es doch nicht auf sich beruhen. Und der Betreffende muß erklären.

Also, wann immer ihm, sagt er, irgendein historisches Ereignis oder eine historische Figur durch den Kopf gehe, und besonders bei der Lektüre, so erscheine ihm alles vor einem farbigen Hintergrund, oder vielleicht angemessener, hinter getöntem Glas. Aber! ruft er. Damit keine Irrtümer aufkämen: es sei ziemlich abstrakt, eher eine Art Empfindung.

Er soll mal ein Beispiel nennen.

Natürlich. Die Zeit der Napoleonischen Kriege etwa, die sei im ganzen grau. Ein lichtes Grau, beinahe freundlich, so wie der Himmel im Sommer, wenn der Föhn von den Bergen fällt. Obwohl das wahrscheinlich ein falscher Vergleich sei. Jedenfalls, zum Biedermeier hin werde es gelb, gelblich, bevor dann alles über Grün ins Bräunliche spiele, quasi über Laub zu Holz, bevorzugt Mahagoni und Eiche.

Jetzt für die letzten Jahre!

Gut, sagt der Mann. Die Fünfziger grünlich, wie Auslegware in öffentlichen Gebäuden, die Sechziger anfangs beige, später eine Art Blau-Rot, die Siebziger einwandfrei orange und die Achtziger wieder grau, aber eher ein strenges Grau, ein gedecktes. Doch da sei er noch sehr im Zweifel.

So so, heißt es und: Gott, ist das spät! Die meisten wollen jetzt aufbrechen.

Da meldet sich ein zweiter. Erstaunlich, sagt er, wie vollkommen anders ihm das immer vorgekommen sei. Er breitet die Arme aus und sieht nach rechts, über seinen ausgestreckten Zeigefinger. Sie kennten doch alle den Zeitpfeil?

Natürlich.

Genau! Aber jetzt: für ihn rage der mit der Spitze nach oben. Er zeigt es. Und neben ihm türmten sich gewissermaßen die Jahre aufeinander. Wißt ihr! ruft er. Welche Angst mir das früher gemacht hat, als Kind? Bei jedem Jahreswechsel sei ihm regelrecht schwindlig geworden. Silvester Neunundsechzig, er wisse das wie heute, die erste Sieben sei ihm fast schon über den Kopf gewachsen. Achtzig habe er damals für unaussprechlich, neunzig für undenkbar hoch gehalten. Er steht auf und schwankt. Es klettere hinauf wie mit Leitern, sagt er leise, und jede neue bloß auf die Holme der unteren gestellt. Unglaublich! Er schlägt die Arme um die Brust. Und in eine Kälte hinein, in der das arktische Licht sich breche.

Donnerwetter! heißt es. Wer hätte das gedacht. Und rasch einigt man sich noch darauf, wer wen nach Hause bringt.

Gutachten

Unmittelbar vor Beginn der Behinderten-Weltmeisterschaften in einem Entwicklungsland stuft das dortige Klassifizierungskomitee den von der Hüfte abwärts gelähmten, seinen Sport vom Rollstuhl aus betreibenden amerikanischen Basketballer als minder geschädigt, was heißt: als nicht unheilbar ein und verweigert ihm somit die Teilnahme am Turnier. Selbst rasch in der kleinen örtlichen Klinik angefertigte Röntgenbilder vermögen nicht zu überzeugen; und die umfangreichen Unterlagen aus der Zeit der akuten Krankheit wie die aus der des aktiven Sportlers liegen unerreichbar in den USA. Ein umgehender Protest gegen den Ausschluß von höchster Stelle wird abgelehnt, was Trainer und Betreuer zu der Vermutung veranlaßt, nicht an medizinischen, sondern einzig an sportpolitischen Fragen sei die Nominierung ihres Hoffnungsträgers gescheitert.

Anderswo, ja anderswo! sagt der Trainer im Interview, was werde da nicht längst diskutiert. Behinderte und Nichtbehinderte in einer Mannschaft! Dagegen hier – und eigentlich kein Wunder! – dieser Kleinmut. Diese Bornierung. Diese Gefühllosigkeit auch! Es ist und bleibt ein Skandal. Rechtens müsse als Protest die ganze Mannschaft umgehend abreisen. Er wisse natürlich, sagt der Trainer, das könne man den Jungs und Mädels nicht antun.

Und im Grunde empfinden alle wie er.

Vollkommen harmloser Schmerz

Ein Patient leidet an einem Schmerz, der ihn stets unvorbereitet überfällt und rasch so stark wird, daß er außerstande ist, auf den Beinen zu bleiben, geschweige denn irgend etwas zu unternehmen. Dennoch versichert der Patient, ja beharrt er darauf, bei keinem dieser Anfälle auch nur im mindesten Angst zu spüren; ja, von der vollkommenen Harmlosigkeit der Sache sei er selbst dann noch überzeugt, wenn er, irgendwo auf den Boden gesunken, regungslos oder zitternd unter den schärfsten Attacken des Anfalls unwillkürlich mit den Zähnen knirsche.

In Behandlung ist der Patient seit nunmehr sieben Jahren. Keine Vermutung über die Ursache seines Schmerzes hat sich bestätigt, keine Maßnahme, sein Auftreten zu verhindern, hat gegriffen. Seine Krankenberichte füllen mehrere Ordner; unlängst ist er Gegenstand einer Studie gewesen.

Es beginnt immer mit einer Lähmung in Füßen und Waden. Dann folgt eine Art Frösteln, gewissermaßen oben auf der Haut, das sich gerne von den Knien bis zum Hals hin zieht. Anschließend setzt ein leichter, fast noch erträglicher Kopfschmerz ein, endlich trifft ein verheerender Stich den Patienten in der Lendengegend und bleibt dort als bohrender Schmerz, bis er, allmählich in ein Brennen übergehend, langsam abklingt. Die Dauer dieser Anfälle liegt, gemessen, bei sieben bis zehn Minuten.

Er denke in diesen Zeiten, sagt der Patient, oft an seine Kinder. Oder an Arbeiten, die lange schon anstehen. Manchmal auch an irgend etwas, das ihm urplötzlich und überraschend durch den Kopf gehe; eben dies und das.

Längst wisse seine Familie, daß er während alldem, obwohl sich, wie es heiße, seine Gesichtszüge jedesmal schrecklich verzerrten und seine Haut über den Knöcheln der geballten Fäuste fast weiß werde, keine wirkliche Not empfinde. In der Regel sorge daher, wer gerade per Zufall anwesend sei, bloß ganz unauffällig dafür, daß nichts im Weg ist, an dem er sich verletzen könnte, und gehe dann aus dem Zimmer. Und wenn irgend möglich, sagt der Patient, sei davon anschließend gar nicht die Rede.

Schwarze Frau

Schon im letzten Sommer war eine junge Frau aufgefallen, wegen ihrer offenbar ganz natürlichen, dunkelbraunen Hautfarbe, ihrer dunklen Augen und ihres dunklen Haars. Dabei war sie keine Südländerin! Ihr Name war bekannt, und es hieß, sie komme aus der Nachbarstadt. Groß war sie, sportlich hätte vielleicht getroffen, das Gesicht ein wenig breit und gerade und mit hohen Wangenknochen. Meist trug sie leichte und luftige Sachen; freilich, das taten ja alle im letzten Sommer.

Im nächsten Jahr, in diesem also, kam sie wieder, noch bevor der Sommer begann. Und sie hatte sich merklich verändert. Sie schien jetzt noch kräftiger, sehniger, und vor allem: sie war noch viel dunkler geworden, überall; hart stieß das Weiße der Augen an die Lider, die Nagelränder leuchteten von weitem, und die Zähne strahlten wie Eis.

Als dann der Sommer begann, trug sie fast nichts mehr. Shorts nur und unter den Armen weit ausgeschnittene Trikots in pastellenen Farben. Ihr Haar wurde von Woche zu Woche kürzer, Schuhe trug sie keine mehr, nur Sohlen mit einem Riemen zwischen den Zehen. Und noch immer wurde sie dunkler, jetzt auch unter den Achseln, in den Kniebeugen, in den Handtellern, makellos, keine helle Falte darin, kein Hautschüppchen lose, alles straff, alles glatt, und immer dunkler und dunkler. Mitte Juli schon beinahe wie Kohle.

Jetzt sind wieder Ferien. Heiß ist es auch in diesem Jahr. Leicht also, sich die Frau vorzustellen: wie sie irgendwo im Strandbad steht, vielleicht am Ufer eines stillgelegten Kanals, völlig nackt, zum Wasser gewandt, die Beine etwas gespreizt, den Rumpf leicht zurückgebogen in der Taille, die Arme in die Seiten, den Kopf ganz in den Nacken gelegt. Die Sonne hat sie im Rücken; und doch steht sie schwarz wie ein Schatten, wie ein Schattenriß, vor dem stahlblauen Himmel.

Ob sie wiederkommen wird im nächsten Jahr? Zum Sommer, oder früher schon? Die Meinungen sind, wie immer, geteilt.

SPÄTFILM

Silvesterparty

Bei der wie üblich auch in diesem Jahr Ende August, Anfang September zur Aufzeichnung produzierten Fernseh-Silvesterparty ist es, nach inoffiziellen Berichten, im Verlauf der Dreharbeiten zu einer Art Stimmungsexplosion gekommen, die beinahe das Ganze gefährdet hat.

Gründe dafür, heißt es, könne keiner angeben. Zwar habe wie in jedem Jahr für die zirka dreihundert als Partygäste fungierenden Statisten ein gewaltiges kaltes Buffet bereitgestanden, und Sekt, Bier und Wein seien leidlich freizügig ausgeschenkt worden; dennoch habe es anfangs, wie üblich, der Aufmunterung durch das ganze Team bedurft, damit sich alle silvesterlich angeregt gaben. Und verständlicherweise! Denn das Geschehen, das später wie ein einziges erscheint, hochgradig beschwingt und geradezu atemlos, ist in Wahrheit vielfach unterbrochen: hin und wieder müssen die Playback-Auftritte der Künstler gestoppt und neu gestartet werden; der Umbau der Bühnen, obwohl von Fachleuten bewerkstelligt, dauert; Pannen bleiben nicht aus; und manchmal geschieht minutenlang gar nichts.

Wie also sich einen Reim auf die Ereignisse machen? Um zwei Uhr nachmittags hatten die Dreharbeiten begonnen; und gegen sieben formierte sich plötzlich und an einem Ort, der gerade nicht im Bild war, völlig entgegen den Anweisungen eine laut singende Polonaise. Man habe sie gewähren lassen, dem Ton tat es ja keinen Abbruch. Aber wenige Minuten später schlossen sich zum Erschrecken des Teams auch die an, die zuvor klatschend und sich wiegend um eine Skiffle-Band gestanden hatten; und umgehend war der Ort so verwaist, daß die Szene abgebrochen werden mußte. Die besorgten Aufnahmeleiter seien da noch einen Moment lang vom Regisseur, der es für einen Scherz hielt, zurückgehalten worden; doch kurz darauf mußte auch er gestehen, daß alles aus dem Ruder lief.

Gruppen von Statisten nahmen jetzt die umherliegenden Instrumente auf, andere wußten sie richtig an die Verstärker zu schließen, und es setzte an mehreren Orten zugleich eine improvisierte Musik ein, zu der ausschweifend getanzt wurde. Hier und da zog man auch die vor den Garderoben auf ihren Einsatz wartenden Künstler, manche gegen ihren Willen, in die Mitte. Eine junge Chansonette zwang man, auf einen Stehtisch zu steigen und laut zu singen, worauf einige Männer ihren Rock nach Art der Flamenco-Tänzer in die Luft zu werfen suchten und dabei im Rund gemeinsam auf die Tischplatte klopften. Ein populäres Duo mußte seinen größten Erfolg ohne Pause wiederholen. Anderswo stiegen mit einem Mal Hunderte von Ballons empor und zerplatzten an den heißen Scheinwerfern unter dem Studiodach. Und keine Rufe, keine Drohungen über die Hallenlautsprecher vermochten alldem Einhalt zu gebieten.

Hundert oder hundertzwanzig Minuten habe es gedauert, es existierten Bilder davon, ein Kameramann habe sie heimlich aus der Hand geschossen, doch gebe man die, heißt es, auf keinen Fall frei. Kurz nach neun hätten sich dann plötzlich die Statisten wieder beruhigt und, den Anweisungen gemäß, im Studio verteilt. Der Regisseur habe geistesgegenwärtig der Vorfälle keine Erwähnung getan, sondern man sei nach kurzen Aufräumarbeiten im Drehen fortgefahren und habe es auch, mit der entsprechenden Verspätung, tief in der Nacht zu einem glücklichen Ende gebracht.

Exposé

Ein lediger Geschäftsmann mit Einfluß in gewissen Kreisen lernt bei abendlichen Lokalbesuchen ein Mädchen, besser: eine junge Frau von etwa zwanzig Jahren kennen; und er setzt in Folge alles daran, daß sie, aus eigenem Antrieb, in pornographischen Filmen mitwirkt. Zuerst unternimmt er dies und jenes, um ihr als begehrenswert zu zeigen, was nur für sehr viel Geld zu haben ist. Dann macht er, daß ihr an ihrer Arbeitsstelle gekündigt wird. Schließlich bringt er sie, ohne daß sie es anfangs ahnt, mit Männern und Frauen aus der Branche zusammen. Dennoch dauert es eine Zeitlang, bis sie sich entschließt; lange zieht sie die Möglichkeit nicht einmal in Erwägung. Endlich verfällt sie dann, unter dem Druck der Umstände, auf das Nächstliegende.

Nachzutragen ist, daß der Geschäftsmann kaum nennenswerte geschlechtliche Kontakte zu der jungen Frau unterhält. Von den Filmen, in denen sie spielt, sollte er nur einen sehen und von dem nur ein paar Probeschnitte, die ihm die Produzenten überlassen. Und natürlich fällt kein Wort darüber zwischen den beiden.

Das geht so etwa ein Dreivierteljahr. Unterdessen müßte nun dies und das geschehen. Denkbar etwa, daß die junge Frau sich in einen Unbeteiligten verliebt. Daß ein alter Freund sich meldet. Daß jemand ein Verbrechen begeht. Wie auch immer. Als Schluß gegebenenfalls: Der Geschäftsmann sorgt dafür, daß die junge Frau unter Vorwänden nicht weiter beschäftigt wird. Und ohne daß wir seine Gründe erfahren. Schließlich könnte er zu Tode kommen. Das wäre allerdings schon, wie so vieles, eine Frage der Besetzung.

Ein Psychologe

Bei einer Talkshow meldet sich kurz vor Mitternacht ein Psychologe mit der Ansicht: die Sexualität des Menschen werde seit etwa einhundert Jahren maßlos überschätzt. Er selbst empfinde es mehr und mehr als unappetitlich, sich mit dem Geschlechtsleben anderer, und als fruchtlos, sich mit dem eigenen näher zu befassen. Er rate daher allen, so wenig wie möglich daran zu denken, bestenfalls noch zu tun oder zu lassen, was ihnen beliebe, auf keinen Fall aber andere, bis auf die notwendigen Ausnahmen, damit zu behelligen.

Unter den Zuschauern im Studio verbreitet sich daraufhin Unruhe. Und bei den Gesprächspartnern erntet der Psychologe umgehend teils amüsierten, teils hektischen Widerspruch. Kurz darauf ist die Sendezeit abgelaufen, kaum reicht es für ein Schlußwort. Allein, noch in derselben Nacht wird der Psychologe von anderen Redaktionen zu weiteren Talkshows und Interviews eingeladen. Und zu Hause steht sein Telephon tagelang nicht mehr still.

Kein Unbekannter in seiner Wissenschaft, versucht der Psychologe abzuwiegeln; er habe, sagt er, manches so nur geäußert, weil es spät gewesen sei und er gegen seine Gewohnheit ein paar Gläser Wein getrunken habe. Aber davon will keiner wissen; und schon aus Trotz sagt er schließlich allen zu.

In den nächsten Wochen und Monaten ist er Gast in mehreren Programmen. Für gewöhnlich teilt man ihm Gesprächspartner zu, die ihm aus ganzem Herzen widersprechen. Es sind Sexualpsychologen, Therapeuten, Familienberater, die Funktionäre homosexueller Gruppierungen, Prostituierte, Schauspieler und Publizisten. Sie sind alle sehr erregt, manche sogar zornesrot, anfangs kaum zu längerem Zuhören anzuhalten; und sie sparen auch nicht mit den schlimmsten Beschimpfungen.

Aber der Psychologe bringt sie regelmäßig zum Schweigen. Es sei abscheulich! sagt er, sobald den anderen einmal kurz der Atem fehlt. Wie sich alle darin gefielen, ihre traurigen Schwächen und ihre nicht minder traurigen Stärken vor sich her zu tragen; wie sie lamentierten, mit heruntergelassenen Hosen; wie sie ihre Mütter verantwortlich machten und ihre Väter; wie sie mit nichts zufrieden seien, nicht mit den Verboten und nicht mit den Freiheiten und nicht mit dem Schmerz und nicht mit dem Glück!

Zögernd gibt es dafür den ersten Applaus.

Ein Leben! sagt darauf der Psychologe. Da hat jeder nur ein einziges Leben, er muß schwer arbeiten, damit er zu Essen hat, draußen ist es entweder zu kalt oder zu heiß, und ständig droht das Schlimmste. Aber wenn sich dann zwei zusammentun, um, hilflos und traurig wie sie sind, die folgende Generation zu zeugen, so vergessen sie ausgerechnet dabei, daß sie schon die längste Zeit gelebt haben und daß sie schon mehr Staub, Unrat und Lehm als Fleisch und Blut sind. Und starren vielmehr gebannt und begeistert auf den Fluß ihrer Sekrete.

Jetzt antwortet es ihm aus den Reihen der Zuhörer. *Sehr richtig!* und *Bravo!*

Diese Narren! ruft der Psychologe. Man stelle sich vor: Tiere, die den lieben langen Tag verdattert darüber stehen, daß sie ein Fell, vier Pfoten und einen Schwanz und Zähne haben. Er steht auf und verzieht das Gesicht und verstellt seine Stimme: Das Fell ist uns zu warm und der Schwanz zu buschig, die Pfoten sind uns zu rundlich und die Zähne zu scharf!

Jetzt kreischt es im Publikum. Sich setzend winkt der Psychologe lächelnd ab. Keiner will ihm mehr widersprechen. Und der Moderator schaut, wenn er weiß, daß er nicht im Bild ist, auf die Uhr; oder er bekommt das Zeichen von der Regie.

Spätfilm

Immer schon hat sich ein Mann nach eigenem Bekunden beim Anschauen von Fernseh- oder Spielfilmen dauernd vorstellen müssen, wie es hinter den Kulissen zugegangen ist. Also, genauer: welche Stimmung am Drehort geherrscht hat, welche Hoffnungen die Beteiligten an das Projekt geknüpft, welche Freundschaften sie währenddessen geschlossen, welche Feindschaften sie entwickelt haben, kurz, wer sie eigentlich sind. Das habe ihn, sagt der Mann, immer vollkommen gefangengenommen und ihn in der Regel so sehr vom eigentlichen Geschehen abgelenkt, daß er es kaum je verfolgen konnte. Vielmehr sei er beständig nur auf der Suche nach Zeichen gewesen, nach Zeichen für die Antwort auf seine Fragen.

Zum Beispiel ein Mikrophon, sagt er, das an seinem Galgen, so laute der Fachausdruck, zu tief und ins Bild gehangen habe! Ein untrüglicher Beweis dafür: es ist zu schnell und zu schlampig gearbeitet worden; und von da ergeben sich Schlüsse aufs Ganze. Sehr ähnlich, ein Irrtum in der Folge der Szenen: plötzlich sind Accessoires verschwunden, eine Vase steht an einem anderen Platz, ein Bart ist deutlich länger als vorhin, und so weiter und so weiter. Da haben womöglich mehrfach und vielleicht im Streit Zuständigkeiten gewechselt. Oder: bei Außenaufnahmen herrscht viel öfter, als es dramaturgisch nötig ist, schlechtes Wetter; was unweigerlich die Laune habe drücken und wegen Terminproblemen alle habe nervös machen müssen.

Dennoch, trotz aller Aufmerksamkeit, gesteht der Mann, habe er auf diese Art und Weise äußerst wenig erfahren. Ja, was er wissen wolle, erscheine letztlich nicht in solchen Details. Und deswegen – nur deswegen – die Sexfilme. Die, sagt der Mann, die sind dagegen Material! Natürlich nicht alle, weiß Gott nicht, aber die frühen; am besten *Reporte*, Nummer Drei, Vier oder höher. Wo alles eingeschliffen ist und zugleich nur Amateure agieren. Da! ruft der Mann, könne er, ohne viel Anstrengung, fast alles erkennen.

Generell zunächst: was wen welche Überwindung kostet oder wo sich, andererseits, jemand vergißt. Er höre da mittlerweile förmlich, sagt er, die Stimme des Regisseurs, wenn er diejenigen, die sich heraushalten, auffordert mitzutun oder andere zur Raison ruft. Jedes Zögern sei da auszumachen, jede übers Ziel hinausschießende Absicht.

Ein Beispiel nur, sagt er. Eine junge Frau, eigentlich noch ein Mädchen, gibt sich die allergrößte Mühe, mag sein im Glauben, es bringe sie weiter. Da plötzlich, angeekelt von einem beliebigen Handgriff des Partners, will sie sich abwenden – doch äußert sie dabei zugleich, einer Ermahnung zuvorkommend, noch größere Lust. Krümmt und windet sich, zuckt und bebt. Tut es, sagt der Mann, bis sie sich derart ganz vom Partner gelöst hat. Und zeigt sich endlich, eine Hand zwischen den Beinen, die andere auf der Brust, den Kopf im Nacken und die Zunge zwischen den Lippen, vollkommen hemmungslos und verworfen und, in aller offenkundigen Wahrheit, absolut unberührbar.

Planspiel

Haben Sie keine Angst, es ist im Grunde ganz einfach!

Stellen Sie sich nur vor: Es wird, vielleicht im Inneren Neuguineas, aber es könnte auch anderswo sein, ein Stamm von Eingeborenen entdeckt, den bislang niemand kennt und der also folglich keinen Kontakt zur Außenwelt hatte. Wie gesagt, alles ein Planspiel. Natürlich müßte es ein kleiner Stamm sein, vielleicht neunundsiebzig Mitglieder, auf keinen Fall über hundert; und es sind, die Sache etwas wahrscheinlicher zu machen, sagen wir: Nomaden; Nomaden, die bislang auf ihren seltsam verschlungenen Wanderungen traumhaft sicher immer gerade dort gelagert haben, wo sonst in der Regel keiner lebt. Na ja.

Aber einverstanden? Denksportaufgabe! Nehmen wir dazu noch an, um die Sache rund zu machen: Die Leute sind unbekleidet, ganz und gar. Die Männer gehen völlig nackt, die Kinder sowieso, die Frauen tragen, wenns denn sein muß! ein Band aus geklopfter und geflochtener Rinde um den Bauch oder quer über die Schenkel. Nicht der Rede wert. Und Nomaden sind sie, wie gesagt. Das muß jetzt aber wirklich reichen.

Halt! Eins nur noch. Es sind Polizisten, die auf sie stoßen. Oder Aufseher; ja genau, es sind Beamte einer Art Aufsichtsbehörde, zuständig eben fürs Landesinnere, wo die bekannten Stämme leben. Will sagen, einfach vor sich hin leben, ein bißchen Handel treiben, wie auch immer. Und deren Sorgen hören sie sich an, notieren alles und tragen es weiter. Lieber Gott! Was ich sagen will: das sind keine besonderen Leute, diese Beamten, aber erfahren, fast vielseitig sogar, und sie kommen ganz gut mit allem zurecht.

Also jetzt endlich: die erste Begegnung. Was ist zu tun? Wie geht alles vonstatten? Folgende Möglichkeiten – oder nein. Besser nicht! Lieber ganz spontan. Jeder schreibt, was ihm als erstes einfällt. Wie es ihm durch den Kopf geht. Egal wo beginnen. Vielleicht bei der Neugier der Nomaden; bei ihrer Verwunderung, zum Beispiel über die Kleidung der Beamten; naheliegend natürlich bei ihrem Schock, ihrem religiösen Wahn. Oder bei den Beamten. Welche Sprache, welchen Dialekt sie zuerst versuchen; ihre verständliche Angst. Oder überhaupt: welches wird die erste Geste sein, die nicht falsch verstanden wird, welches die erste Zeremonie, die ihre Absichten erfüllt? Und so weiter.

Aber jetzt wirklich genug der Beispiele! Es muß ja auch kein fortlaufender Text sein. Notieren Sie Stichwörter und ordnen Sie sie später. Sie können sie auch bloß numerieren, wir finden uns da zurecht. Kennen wir ja. Oder, wenn Sie gar nicht schreiben wollen, gut, experimentieren Sie ruhig mit anderen Medien. Da kann sich ja alles mögliche ergeben. Wir sind ehrlich und aufrichtig gespannt. Glauben Sie uns das!

Nur eins steht absolut fest. Der Stamm, daran müssen Sie immer denken, hatte nie, nie vormals Kontakt zur Außenwelt. Niemals auch nur den geringsten, in keinerlei Weise! Und einmal ganz deutlich gesagt: beim ersten Verstoß, den Sie hier begehen, beim allerersten, scheiden Sie aus! Unwiderruflich.

Großeinsatz

Umgehend, so erscheint es, haben alle Anstrengungen begonnen, den Mann auf der Balustrade an seinem offenkundigen Selbstmordvorhaben zu hindern. Man hat, mit Mühe, heißt es, seine Frau und Kinder ausfindig gemacht, hergeholt und gleich wieder abgezogen, als ihre Anwesenheit den Mann in seinem Tun zu bekräftigen drohte. Daraufhin hat man seine Geliebte, die schon längst in der Menge war, ans Mikrophon gedrängt, unter großer Überredung zum Sprechen gebracht und beschworen, die richtigen Worte zu finden. Überdies und zuvor noch ist das Terrain unterhalb der Balustrade nach Möglichkeit gesichert worden. Auf Höhe der mittleren Stockwerke sind Tücher und Netze gespannt, und auf der Straße selbst liegen meterdicke Kissen und halbaufgeblasene ballonartige Gebilde vertäut. Im Fenster schräg gegenüber schließlich lehnt der Psychologe; und er überwacht per Sprechfunk gemäß der Dienstanweisungen und gemäß seiner Erfahrung alle Aktionen.

Darüber wird es, wie weiß Gott immer in solchen Fällen und wenn nicht überhaupt schon alles zur Nachtzeit begonnen hat, Abend, und es ist auch nicht einen Schritt vorangegangen. Der Mann steht auf der Balustrade; wie Leuchtfeuer drehen sich still die Warnlichter der Einsatzfahrzeuge. Immer wieder geht ein Raunen durch die Menge. Gelegentlich schlägt überlaut eine Autotür. Und nach genau zwölf Stunden ziehen sich, vollkommen erschöpft, alle an der Aktion Beteiligten zurück; die Ablösung freilich folgt ihnen auf dem Fuß.

Tatort

Jeden Morgen passiert ein Angestellter auf dem Weg zum Büro die schmale Brücke über den Kanal. Sommer wie Winter ist er zu Rad, bei schlechtem Wetter schützt ihn besondere Kleidung. An, sagen wir: zwei von fünf Arbeitstagen steht nun auf dieser Brücke ein Stadtstreicher, ein junger Mann noch, gekleidet eher wie ein Rucksacktourist mit buntem Regenzeug und auffälligen Turnschuhen. Er geht die Fußgänger um Geld an; schon von weitem, breit lächelnd, hält er ihre Blicke fest, damit sie, wenn sie in seine Nähe kommen, nicht wegsehen können oder so tun, als hörten sie seine Anrede nicht.

Der Angestellte glaubt sich im Grunde vor dem Stadtstreicher sicher, denn als Radfahrer kommt er nicht in Betracht. Dennoch vermeidet er jeden Blickkontakt, und wenn er etwa von Zuhause her in den Brückenweg einbiegend bemerkt, daß dort gerade niemand passiert, schaut er starr geradeaus und beschleunigt wohl auch die Fahrt, so als müßte er Schwung nehmen für die leichte, aber langgezogene Steigung, die unmittelbar hinter der Brücke beginnt.

Unversehens findet sich nun der Angestellte eines Tages zu Fuß vor der Brücke, mag sein, auf einem Besorgungsgang während der Dienstzeit; und schon sehr nahe heran, vielleicht in Gedanken vertieft, sieht er den Stadtstreicher, der gerade mit dem Rücken zu ihm steht. Da nimmt der Angestellte kurz entschlossen sein Portemonnaie heraus, und als sich der Stadtstreicher umwendet, hält er die Münze bereits in der Hand und reicht sie hinüber, noch bevor der Mann zu reden beginnen kann.

Der Angestellte ist sehr zufrieden mit seinem Verhalten. Als er daher an einem der kommenden Tage wieder per Rad auf die Brücke zuhält und den Stadtstreicher in Stellung findet, führt er aus, was er sich vorgenommen hat: er vermindert die Geschwindigkeit, macht, daß der Mann ihn fixieren muß, wirft ihm dann aus einiger Entfernung, aber sicher und im hohen Bogen, eine Münze zu, und der Mann fängt sie, sprachlos und erstaunt, mit beiden Händen.

Von diesem Tag an hat der Angestellte immer ein Geldstück parat, und er ist manchmal beinahe enttäuscht, wenn er den Mann nicht antrifft, ja es scheint ihm nach einiger Zeit sogar, daß der nun seltener als zuvor an der Brücke steht. Beweisen kann er es natürlich nicht; und immerhin hat der Mann, wenn er denn an seinem Platz ist, so als habe er gewartet, schon von weitem nur Augen für ihn.

Dann geschieht es: Wieder einmal wirft der Angestellte; aber mag sein, er ist sich zu sicher, mag sein, eine Unebenheit der Straße verreißt ihm ein wenig den Arm, oder mag sein, daß der Mann sich ungeschickt vergreift, jedenfalls geht die Münze fehl, rollt über den Rand der Brücke und fällt hinunter ins Wasser. Ohne sich auch nur umzuwenden, fährt der Angestellte weiter.

Das ist an einem Morgen im Frühsommer. Den Tag über grübelt der Angestellte, was am Abend zu tun sei. Einen anderen Weg zu nehmen, auch nur dieses eine Mal, kommt nicht in Frage. Und den Wurf mit einem größeren Geldstück zu wiederholen erscheint ihm unangemessen. Bis zuletzt findet er keine Lösung. Mißmutig oder ärgerlich tritt er die Heimfahrt an.

Es kommt, wie es kommen muß. In der Mitte der Brücke steht der Stadtstreicher; seinen Rucksack und eine

Tasche hat er neben sich aufgebaut und die Arme ausgebreitet. Der Angestellte steigt kurz vom Rad, tritt dann aber wieder an und fährt, so schnell es geht, den abschüssigen Weg mittig hinunter zur Brücke, wo ihn der Mann, im letzten Moment zwar beiseite springend, dennoch vom Rad zu werfen versucht.

Was ihm allerdings nicht gelingt. Vielleicht wegen der Geschwindigkeit des Angestellten, vielleicht weil er letztlich doch zu sehr um seine Gesundheit fürchtet. Jedenfalls bleibt der Angestellte mit etwas Mühe auf dem Rad; und der Stadtstreicher ruft ihm, da er sich den schmerzenden Arm hält, die übelsten Flüche nach.

Tags darauf nimmt der Angestellte den Bus.

DIE INSEL

Kaninchen

Beim zufälligen fernsehen erfährt ein Autor, was er immer schon wußte oder doch wenigstens ahnte: daß nämlich auf Verkehrsinseln und Grünstreifen, besonders wenn sie im Inneren der Straßenkonstruktion liegen, zum Beispiel in Autobahnkreuzen und zwischen den Zubringern, eine vielfältige Tierwelt gedeiht. Sie bestehe da, so heißt es, durch einen besonderen Anpassungsdruck auf ihre Mitglieder, und sie entwickle sich insbesondere fehlender Feinde wegen allemal lebhaft. Dazu werden gezeigt: Bilder von spielenden Kaninchen, Elstern sind darunter gemischt, gelegentlich ganz gelassen einige Igel; und im Hintergrund und sehr verschwommen fährt Wagen auf Wagen vorbei.

Den Autor faßt daraufhin, obwohl er sich in der Regel jede Übertreibung verbietet, eine Art poetischer Schauer. Da leben also sechs Familien Kaninchen auf, rund gerechnet, 900 Quadratmetern Paradieses inmitten des tosenden und tobenden Verkehrs. Sie fressen das von Schadstoffen bis in die Wurzeln gesättigte Gras und atmen reines Kohlenmonoxid. Aber, es ist kein Feind in Sicht! Und selbst in den kältesten Wintern heizt es bis unter die Erde gewaltig auf. So daß trotz allem die durchschnittliche Lebenserwartung steigt und steigt und daher die Population in Potenzen wächst.

Der Autor sieht sich bereits auf dem Weg die Treppe hinauf, in sein Arbeitszimmer, an seinen PC. Unterwegs räumt er ein paar umherliegende Spielzeuge beiseite.

Doch andererseits, dieser scharfe Schnitt zwischen unberührter Friedlichkeit und schnellem, sicherem Tod. Ein Hüpfer nach links oder rechts, auf den Asphalt, und aus dem Kaninchen wird, kurz nachdem sein immerhin rotes Blut recht weit über die Fahrbahn gespritzt ist, ein graues, vollkommen überfahrenes Etwas. Um auf die andere Seite des Zubringers zu kommen, könnte es im Scherz heißen, müßte man dort geboren sein.

Schon in seinem Zimmer, vor dem PC, bemerkt der Autor freilich, und früh genug Gott sei Dank, die Prise feiner Ironie an dem Schauer: kam der ihn doch aus dem Fernseher an! Indessen, wer will ihm, denkt er, als er den Rechner einschaltet, Vorschriften machen, woher er dergleichen zu beziehen habe? Winckelmann vor dem Apollon im Belvedere! Ja ja, aber Rilke vor einem eingesperrten Panther im Zoo!

Auf dem Monitor erscheinen die Meldungen der Start-Routine, dann kurz der Prompt, und auf einen beliebigen Tastendruck hin lädt sich das Schreibprogramm. Der Schirm färbt sich blau, die Statuszeile am unteren Bildrand ist rot. Der Autor bringt die Hände auf die Tastatur. Also: der Schutz der Innerlichkeit und des Schwachen durch die unabsichtliche Vorsorge des bloßen Verkehrs? Die Buchstaben grau, Kursivierung in gelb, Unterstreichung in blau, Fett leuchtet bernsteinfarben, schwarz hinterlegt. Oder anders: das Gegeneinander von prosperierender, feindloser Gesellschaft und plötzlichem, unverhältnismäßig grausamem, beziehungsweise beiläufigem Tod?

Der Autor steht auf, ein Fenster abzudunkeln, durch das, nachdem sich die Wolken gehoben haben, die Sonne auf den Bildschirm scheint; dann geht er im Zimmer auf und ab. Unten läuft noch immer der Fernseher, gerade eben zu hören, wenn er innehält. Plötzlich: der Schlüssel in der Haustür; es ist die Kinderfrau, die vom Einkaufen kommt. Irgend etwas Metallisches wird in den Flur geworfen, die Bügel auf der Garderobenstange klappern. Der Autor drückt die Tür des Arbeitszimmers ins Schloß; da beginnt der PC, die Sicherungsdatei anzulegen.

Alle fünf Minuten, denkt der Autor und: Kanincheninsel.

Farbenblinder Maler

Von einem der Großen unter den neueren naturalistischen Malern geht das Gerücht: er sei vollkommen farbenblind. Nun ist, was Farbenblindheit im jeweiligen Falle bedeutet, nicht mit einem Wort zu sagen; die Phänomene, besser die Symptome reichen von der absoluten Unfähigkeit, eine Farbe wahrzunehmen, über Einschränkungen, bezogen auf Komplementärfarben, bis hin zur bloßen Störung in der Erinnerung, vergleichbar einer Vergeßlichkeit, wie sie sich ganz natürlich im Alter einstellt.

Unser Maler nun – nebenbei, nur soviel noch zur Person: auch einer der Hochbezahlten – soll nach den Gerüchten außerstande sein, in seinem Atelier irgendeine Farbe, egal welchen Gegenstandes, auch nur annähernd korrekt unter seinen Materialien aufzufinden oder sie gar daraus selbst anzumischen. Freilich, irgendwie, heißt es, treffe er schon das Richtige; eine Straße male er nicht rot, den Himmmel nicht gelb und das Wasser nicht rosa; aber aus der Erinnerung den Schein der Illusion zu erzeugen, Nuancen gar täuschend ähnlich und Valeurs wie im wirklichen Leben zu malen, lasse seine Beeinträchtigung keineswegs zu.

Also habe der Maler, früh genug, begonnen und sei er heute noch dabei, unerkannt durch die Gegenden zu ziehen, im Gepäck einen praktischen Mal- und Mischkasten; und indem er nahe bei einem Gegenstand dessen Farbe herstelle, durch unmittelbaren Vergleich die Ergebnisse seiner Arbeit wieder und wieder prüfe, ja zum Schluß das Material direkt auf der Vorlage mische, sei ihm unter der Hand ein gewaltiges Archiv aller existierenden Farben gewachsen, mit den jeweils genauen Angaben ihres natürlichen Vorkommens, jede einzelne mit einer durchlaufenden Nummer versehen und so in einer großen, mittlerweile rechnergestützten Aktei abrufbar, während die Farbproben selbst in handgefertigten, luft- und staubdicht verschließbaren Kartotheken lagerten.

Ist nun also unser Maler, zum Beispiel, bei einem großformatigen Gemälde an die Ränder der Straßen gelangt, so werfe ihm nach kurzer Suche ein Programm die Zahlen aus, sagen wir: 421 für alten, stark abgefahrenen Asphalt in der Nähe des Rinnsteins, 5911 für Bremsspuren schwererer Fahrzeuge oder 934 für Lachen eingetrockneten Öls. Und die entsprechenden Farbkarten gezogen, bereite der Maler fröhlich das Nötige, füge es an den Stellen, da es einander berührt, hart auf der Leinwand zusammen; und lasse sich – denn das ist seine besondere Kunst! –, wenn er fertig ist, die Zahlen auswerfen für, was er selbst die Patina oder den Firnis nenne: gleißendes Licht, mattes Dämmern, quirlender hochsteigender Staub, flimmernde Hitze oder Feuchte nach Regen. Und damit wie nach der Natur überzogen, scheine, schimmere oder dampfe, was immer er malt, als sei es zum Greifen nah.

Er habe, sagt der Schriftsteller, das Maschineschreiben bei den Soldaten gelernt. Wörtlich: bei den Soldaten!

Wie denn das?

Nun, nach Abschluß seiner Grundausbildung habe es geheißen, er werde entweder in eine Kampfgruppe oder in den Stabsdienst versetzt; und da habe er gewissermaßen aus Not, wenngleich fälschlich, behauptet: Das treffe sich aber! Denn Maschine schreibe er fast flüssig.

Natürlich, sagt der Schriftsteller, habe er so das Maschineschreiben unmöglich lernen können. Zumal er es, und das habe ihn in den ersten Wochen vollkommen in Beschlag genommen, seiner Behauptung wegen ja umgehend simulieren mußte. Rasend schnell habe er während der Dienststunden auf die Tasten eingeschlagen, dabei allen sorgsam den Rücken zugewandt. Aber Passables habe er nur abliefern können, weil er nachts, bei abgeblendetem Licht ins Geschäftszimmer einschlossen, alle am kommenden Tag wahrscheinlich anstehenden Schriftstücke vorweg mühsam buchstabiert habe. Als dann endlich die Nachtarbeit unnötig wurde, sei er vollkommen verdorben gewesen; und seitdem schreibe er bloß einigermaßen zügig und leidlich sicher, indes so, daß es im Grunde eine Verachtung aller Möglichkeiten und Forderungen der Maschine sei.

Seine erste eigene Schreibmaschine, sagt der Schriftsteller, habe er gleich zu Beginn des Studiums als ein Geschenk von der Mutter bekommen. Eine kleine Reisemaschine mit grauem Köfferchen, stand sie an einem Sonntagmorgen neben seinem Frühstücksgedeck; eingespannt war ein Blatt, aus einem Rechenblock gerissen, auf das die Mutter abwechselnd mit der schwarzen und der rote Hälfte des Farbbands einen Glückwunsch geschrieben hatte.

Das sei eine Art Schock für ihn gewesen, sagt der Schriftsteller. Nie habe er bis dahin realisiert, daß die eigene Mutter, mit seiner Geburt aus dem Beruf geschieden, Maschineschreiben konnte, also, um es jetzt einmal genau zu sagen: mit allen zehn Fingern zugleich und jeder davon verantwortlich für sein Terrain und vielleicht noch für die ein oder andere Sonderaufgabe. Und dazu aufgefordert, hatte die Mutter wirklich so, wenn auch zögernd und nicht ohne Fehler, ein paar Sätze geschrieben wie einer, der nach langer Zeit ein Instrument zum ersten Mal wieder zur Hand nimmt und dabei sofort in die alten Griffe fällt.

Wie anders ich! ruft der Schriftsteller. Und bis auf den heutigen Tag. Längst nicht mehr auf einer Schreibmaschine, sondern auf der Tastatur eines Computers schreibe er; aber elend, bloß mit den Zeigefingern. Und nur gelegentlich, in einem gewissen Überschwang vielleicht, lösten sich ein Daumen oder ein kleiner Finger aus der Faust, um eine der Funktionstasten anzuschlagen.

Überhaupt! Der Schriftsteller schüttelt sich; bis heute wisse er aus dem Kopf nicht einmal sicher zu sagen, wo sich die einzelnen Buchstaben befinden. Unmöglich könne er den Blick von den Tasten nehmen. Andererseits, und das sei eigentlich kaum in Worte zu fassen, müsse, da er mittlerweile recht zügig schreibe, eine Art Ahnung seine Finger mehrfach in der Sekunde prompt zu dem richtigen Buchstaben führen; denn keineswegs irre er ja suchend hin und her. Freilich, immer wenn er mit Absicht bloß auf den Monitor schaue, gelängen ihm bestenfalls noch ein paar

Anschläge, bevor er wie eine entgleisende Lokomotive nach einigen Sprüngen rechts und links über die Schienen endgültig aus der Bahn laufe.

Dann aber wieder, sagt der Schriftsteller, ertappe er sich nicht selten dabei, schon seit zwei drei Zeilen fehlerfrei blind geschrieben zu haben. Allein, es gehe ihm da sofort unweigerlich wie dem Nachtwandler auf dem Dachfirst, den einer zur Warnung anruft; und für gewöhnlich mache er den ersten Fehler in genau dem Moment, in dem er sich zu kontrollieren beginne!

Jedenfalls, sagt der Schriftsteller, habe er längst aufgegeben, etwas ändern zu wollen. Schon, weil es erniedrigend sei, so zu tun, als könne man von vorne beginnen. Und zumal, da sein alltägliches Schreiben am wenigsten von grundsätzlichem Unvermögen, hingegen permanent von sozusagen bloß begleitenden Phänomenen gestört werde: von rätselhaft plötzlich auftretenden und zumeist ebenso verschwindenden Marotten, von banalen Fehlleistungen und unerklärlichen Schwächen. So habe er eine Zeitlang glauben müssen, sein Anschlag der Hochstelltaste sei zu schwach, da ihm dauernd keine Großbuchstaben mehr gelangen. Oder ein Finger sei schneller als der andere geworden, da er regelmäßig bei feststehenden Endungen die Buchstaben vertauschte. Und im Moment, sagt der Schriftsteller, verzweifle er fast darüber, daß er beständig die Leertaste vor dem Ende des Wortes anschlage und dessen Rest an das folgende hänge!

Einen Sprechautomaten? sagt der Schriftsteller auf Einwand. Ein elektronisches Diktaphon? Doch doch; er verfolge natürlich seit Jahren die einschlägige Technik, und er könne ja, seine durchschnittliche Lebenserwartung einmal vorausgesetzt, beinahe sicher sein, deren Vervollkommnung noch zu erleben. Aber! er stockt, er rudert mit den Armen: das sei dann doch, jetzt lacht er, fast verlegen, ein ander' Ding.

Die Insel

Ein Schriftsteller, der sich aus dem Wirbel um sein letztes Buch hatte zurückziehen wollen, wird nach dem Untergang eines Kreuzfahrtschiffes mit einigen anderen Passagieren auf eine einsame Insel verschlagen, und bald zeichnet sich ab, daß an schnelle Rettung nicht zu denken ist. Der Schriftsteller hat nun, wie seine Leidensgenossen, nicht viel mehr als das, was er auf dem Körper trug, retten können; aber darunter befindet sich sein frisch aufgeladener elektronischer Kalender, den er beim Untergang des Schiffes noch vorausschauend hat in eine wasserdichte Tüte wickeln und sich unter das Hemd stopfen können.

Während sich nun die Schiffbrüchigen auf der Insel einzurichten beginnen, ein jeder seine Fähigkeiten in den Dienst der gemeinsamen Sache stellt und die Schwächsten und Ängstlichsten fürs erste getröstet werden, leidet wie keiner sonst der Schriftsteller; und ausgerechnet an seinem einzigen nennenswerten Besitz. Denn immer wenn er gerade das Seine für die Gemeinschaft getan hat, und auch während der Arbeit, kreisen seine Gedanken um nichts anderes als darum, wie er jetzt den Kalender als das einzig erreichbare Schreibgerät, mit allerdings beschränkter Kapazität, sinnvoll zu nutzen habe.

Dabei ist – leicht vorstellbar! – die Fülle der Eindrücke vom ersten Tag an förmlich erschlagend. Fast jeden Augenblick steht das Häuflein Versprengter vor lebensentscheidenden Fragen, wachsen seine Bedrohungen ihm geradezu aus der Erde, gar nicht zu reden von allem Menschlichen, das jeden bewegt. Also, welch ein Stoff! Und welch ein

Privileg, bei denen zu sein, die es am eigenen Leibe erfahren, einer der Ihren!

Es ist daher, ganz naheliegend, der erste Impuls des Schriftstellers, lediglich Stichworte zu sammeln, teils schon in vorläufiger Gliederung, an denen sich später, nach der Rettung, der eigentliche Text entlangzuarbeiten hätte. Vorläufig machte alles die Masse; und dergestalt verfährt er auch. Doch es scheitert. Denn in den Kalender gespeichert und am nächsten Abend wieder aufgerufen (mit dem peinigenden Gedanken, wieviel Batterieleistung auf derlei Hilfsdienst verschwendet wird), lesen sich dem Schriftsteller seine Notate wie belanglose Auflistungen, die ein jeder und überall hätte anlegen können.

Also löscht der Schriftsteller nach wenigen Tagen, was er geschrieben hat, und legt er nun in dem kleinen Gerät, nachdem er sie sorgfältig erarbeitet und memoriert hat, nur noch wenige lange Sätze ab, von denen er glaubt, sie könnten einmal und in exakt dieser Gestalt der Kern sein, aus dem das Ganze sich wie von selbst entfaltet.

Unterdessen kehrt, ohne daß es eine Beruhigung zu nennen wäre, in die Verhältnisse auf der Insel eine gewisse Gewöhnung ein. Immerhin sind die wichtigsten Versorgungen sichergestellt, die schlimmsten Gefahren nach allem Ermessen unter Kontrolle. Doch gerade das macht auch, daß dem Schriftsteller allmählich seine gemessenen Kernsätze, ja überhaupt jeder stark verdichtete oder gar dramatische Ausdruck als unzutreffend erscheint. Alles falsch! denkt er. Alles neu! Doch der Energieladegrad des Gerätes hat mittlerweile die Marke von 40 Prozent unterschritten; fällt er unter 15 oder 10 (genauer erinnert sich der Schriftsteller nicht), wird es, unabhängig vom freien Speicherplatz, nichts Neues mehr aufnehmen und nur das

Alte, auf ungewisse Zeit, bei sich behalten. Daher, die Finger ratlos über den Tasten, schaltet der Schriftsteller, um Energie zu sparen, vorsichtshalber das Display gar nicht mehr ein.

Es kann nur eine Episode sein, denkt er jetzt meistens nach getaner Arbeit, oder vielleicht auch die allerdings genaue und endgültige Beschreibung des Sonnenuntergangs, wie ihn beinahe jeden Abend von der Steilküste aus alle Schiffbrüchigen beobachten, oder das Geräusch, mit dem der allmorgendlich einsetzende Regen zuerst auf die Palmendächer fällt, bevor er in langen Fäden den Boden erreicht und sich dort rasch zu kleinen Bächen sammelt, die in Schlangenlinien über den Strand hin zum Meer laufen.

Allein, das Geschriebene jetzt wieder gelöscht, um für diese Dinge Platz zu schaffen, wird sich vielleicht, so befürchtet der Schriftsteller, die Energiereserve in gerade dem Moment vollkommen erschöpfen, da er, ohne es zu erreichen, ein Ende seines Textes schon absähe. Und nichts, nicht einmal seinen einsamsten Tod fern der Heimat und der Freunde, malt er sich so schrecklich aus wie die Szene, da ihm, mitten im Satz, das Gerät seine Leistung versagt.

Mit den folgenden Monaten wird der Betrieb auf der Insel immer reibungsloser und werden die Phasen der Arbeit kürzer; oft liegen die meisten Bewohner schon den Nachmittag über versammelt am Strand. Die Männer spielen in Gruppen einfache Spiele, die Frauen nähen an ihren Kostümen; und bisweilen kehren Paare von den Landgängen zurück, neue Früchte in den geflochteten Körben auf dem Rücken, oder ein zahmes Tier an der Leine. Und als, ganz überraschend, doch eine Art Winter auf die Insel kommt, erscheint an einem frühen Morgen ein Rettungshubschrauber über der Brandung; tags darauf läuft, sehr bejubelt, ein Schiff in die Lagune.

NICHTS BESTIMMTES

An alle; ich bin, das habe ich, und ganz besonders vor mir selbst, nie zu leugnen versucht, der Verfasser von weniger als mittelmäßigen Romanen; oder genauer, und besser: Die vielzuvielen Bücher, die ich geschrieben habe, verfolgten nie einen Zweck, der über den, mir im schlichtesten Sinne als Erwerbsquelle zu dienen, nennenswert hinausgegangen wäre. Zwar hat es immer wieder welche gegeben (ihre Stimmen wurden mit den Jahren sogar etwas lauter), die in mir einen widerwillig vom Betrieb vereinnahmten und im Grunde nicht unbedeutenden Autor sehen wollten. Aber ich selbst weiß ja nur zu gut, wie in all den Jahren jede, schlechthin jede meiner Entscheidungen, welcher Satz auf den gerade zuletzt geschriebenen folgen sollte, einzig bestimmt war vom Gedanken an die Erwartungen meines Verlegers und damit meiner Leser, die er, wenn es denn einmal nötig war, mir gegenüber unmißverständlich vertrat. Ich habe, um es heute einmal in aller Schärfe zu formulieren, niemals einen anderen Wert höher gestellt als den der Konvention.

Wenn es nun so klingen sollte, als hielte ich hier, wie es diese Gattung erfordert, Abrechnung über mein Lebenswerk, so wäre das eine Täuschung. (Ohne zynisch sein zu wollen, diese Abrechnung hat die Buchhaltung meines Verlages halbjährlich mit einer Akkuratesse erledigt, an die ich mich dankbar erinnere.) Nein, mir ist heute so wenig wie früher und in keiner Beziehung an einer ästhetischen Debatte gelegen. Ich mache hier vielmehr – und wo sonst besser? – nichts als die Meldung von der unerhörten Situation, in die ich geraten bin, da eine endgültige Diagnose mir unlängst mein baldiges Lebensende angekündigt hat und ich mir darauf schier keine Reaktion vorstellen, geschweige denn in die Tat umsetzen kann, die ich nicht bereits in meinen Romanen, und auf das gängigste, dargestellt habe!

Die Gründe dafür liegen auf der Hand. Denn das Motiv des drohenden Todes, ob nun in einer Haupt- oder in einer Nebenfigur realisiert, war einfach zu dankbar, als daß ich es mir hätte entgehen lassen dürfen. Und außerdem, wie hätte ich wissen können, daß ich mit jedem einschlägigen Satz mir einmal eine Lebens-, will sagen eine Sterbensmöglichkeit würde zunichte gemacht haben!

Ich muß hier die Reihe der in Rede stehenden Werke nicht vollständig nennen. Schon allein der Ingenieur in *Tod in Verona* legt ja, als er von seiner Krebserkrankung erfährt, so viele Verhaltensweisen an den Tag, daß man mir etliches vom Folgenden, etwa das Dahinsiechen Marks in *Wunschloser Schmerz* oder Roberts entschlossener Selbstmord in *Ein Mann erinnert sich* als Selbstzitat auslegen könnte (vorausgesetzt, man erachtete, was ich geschrieben habe, für originell genug, um zitiert werden zu können).

Nein, ich habe im Verlauf meiner Romane die Szene des zum Tode Verurteilten bis in alle Facetten durchgespielt. Und da ich jetzt also hier sitze, den Tumor eingeklemmt zwischen meinen Schädelhälften, weiß ich nicht, was ich beginnen soll, um nicht sofort auf das Mittelmaß meiner Figuren zu sinken. Würde ich wie Dr. Pfeiffer die abrupte Erfahrung der eigenen Sterblichkeit dazu nutzen, schnell und riskant etwas Gutes und Großes zu vollbringen, oder wie Hans Sallenberg versuchen, eine Reihe von Verhaßten mit in den Tod zu ziehen – wie müßte ich mir vorkommen dabei? Und ein verzweifeltes, doch jammervoll resignierendes Hinsterben, mit dem der alte Graf die Verwandtschaft beinahe zur Verzweiflung bringt, ist mir ebenso verwehrt wie der theatralische Abgang, den ich Wengenheim inszenieren lasse, nachdem er ein letztes Mal die Seinen um sich versammelt und (wie er es nennt) seine Dinge geordnet hat. –

Doch wie wäre all dies noch erträglich ohne das Letzte, das Schlimmste an meiner gegenwärtigen Lage. Denn ich weiß, was jeder wissen muß: Es gibt etwas, dessen ich mir bislang bloß nicht innegeworden bin. Genauer, es muß Sätze geben, die noch nicht von mir, und vielleicht noch nie gesagt worden sind! Oder Sätze, die, obwohl unscheinbar und leise, wie durch einen Zauber all das Unsägliche wenigstens linderten oder ganz zum Verschwinden brächten. Und die mir den Weg öffneten mitten durch meine Bücher hinein in den Tod. – Aber sicherer als mein baldiges Ende ist meine Gewißheit, daß ich diese Sätze niemals, zumindest nicht vor der Stunde meines Todes, werde schreiben können.

Nichts Bestimmtes

An alle; nur das Folgende will ich zum Umstand meines Freitods schriftlich mitteilen bzw. hinterlassen: daß es vollkommen sinnlos ist, seine Gründe in allgemein verständlichen, schlüssigen und jeden mehr oder minder überzeugenden Ursachen zu suchen. Also das heißt: Sollte ich unheilbar krank sein, so weiß ich es nicht, mein körperlicher Zustand ist nach meinem Ermessen befriedigend bis gut. Schulden habe ich keine oder nur solche, die zu tilgen kein Problem darstellte. Meine familiären Verhältnisse liefern mir keinen Grund zur Verzweiflung, nicht einmal den, es geschehe nichts Außergewöhnliches mehr. Beruflich steht mir alles wenn nicht zum Besten, so doch frei von großen Schwierigkeiten bevor; ja, schon seit Jahren laufen mir meine Geschäfte beinahe nebenher, ohne daß ich unter diesem Gleichmaß gelitten hätte. Erst recht trage ich in mir keinerlei, ich sage einmal: Generalzweifel, etwa am Sinn der Welt oder an der Qualität des Menschen bzw. an seiner Zukunft und seinen Möglichkeiten. Ich bin mir andererseits, genau wie die meisten, der Probleme dieser Zeit bewußt; und sollte ich sie aussprechen müssen, so würden meine Ängste und Bedenken vermutlich den Ihren gleichen.

Freilich kann ich, das wurde mir klar, als ich es zum ersten Mal formulieren wollte, nicht völlig ausschließen, daß, wer angestrengt sucht, zwischen dem oben Genannten doch eine oder gar mehrere Ursachen für meinen Freitod findet. Da ich allerdings zu keinem Ende käme, wollte ich einem solchen Irrtum durch Ausschluß aller möglichen Gründe vorsorgen, bin ich förmlich gezwungen, mich zurückzuziehen auf eine so notwendig unzulängliche Formel wie die: daß nichts Bestimmtes mich unwiderruflich und unwidersprochen aus dem Leben treibt. Und da folglich jeder Versuch, dieses nicht Bestimmte zu beschreiben, ihm so oder so, was es nicht hat, ein Gesicht, und schlimmer noch: eine Stimme gäbe, müßte ich eigentlich, auf die Gefahr hin, die Trauer steigernd auch Ungewißheit zu hinterlassen, im Grunde schweigen.

Damit ist es allerdings Zeit zuzugeben, daß mich unabhängig von der Sorge um solche Mißverständnisse in den letzten Wochen nahezu dauernd der Anspruch gequält hat, mir von der bevorstehenden Tat, für mich wenigstens, wenn schon Sinn oder Begründung im allgemeinen nicht zu fassen sind, eine Art inneres Bild zu machen. Oder, anders gesagt, da mir doch nun alles Lebenswerte längst und auf nicht zu beschreibende Art und Weise abhanden gekommen ist, immerhin so etwas zu spüren wie den Rhythmus seines Verschwindens oder den Tonfall seiner Abwesenheit. Ich muß frei heraus sagen, es ist mir nicht gelungen. Einmal, vor ein paar Tagen, hatte sich mir deutlich die Vorstellung von einem ausgeprägt, der sich mit schwerem Gepäck über eine sehr lange, schmale, geländerlose und vielfach beschädigte Brücke arbeitet und dem mit einem Mal aller Aufwand unangemessen scheint, worauf er sich nach kurzem Bedenken in die Tiefe stürzt. Diese Bewegung empfand ich als stimmig, aber bald stellten sich ungewollt Fragen, die zu beantworten alles zunichte machte: Von wo nach wo führt die Brücke? Welches ist das Gepäck? Warum nicht es abwerfen oder zurückgehen? Und jede Antwort auf diese Frage, ja schon die Möglichkeit dieses Fragens nahm dem Bild alle Wahrheit.

Eine leichte Ausflucht bot sich immerhin an, solches

Mißlingen flugs als ein Symbol für die Ursache meines Zustands zu nehmen. Aber was für eine billige Lösung, was für ein Taschenspielertrick! Ich habe darunter sehr gelitten. Denn wenn ich eines nicht will, dann ist es, dieser Abwesenheit von allem anderen als dem nicht Bestimmten etwas derart Banales ähnlich werden zu lassen durch Unaufmerksamkeit oder Schlamperei. Gerade wie in einen luftleer gepumpten Raum, wenn er nur ein wenig undicht geworden ist, das Nächstliegende dringt. Dagegen hieß es sich, wenn denn sonst nichts verfinge, schützen. Und wäre mir das nicht schließlich gelungen, ich hätte nur in dem schrecklichen Bewußtsein Hand an mich legen können, dies letztlich doch, und das folgende ist nicht paradox: mit zuviel Grund zu tun.

Wie es mir aber gelungen ist, mag auf den ersten Blick befremden. Doch wenn das nicht Bestimmte nicht, wie es geradezu sein eigenes Bestreben scheint, einer gewöhnlichen Ursache trügerisch ähnlich werden sollte, war es allen Bedenken zu entheben, auch und besonders den meinen. Also habe ich endlich, frei und entschlossen nach langem Grübeln, dieses Verbrechen begangen, auf dessen Täter, mich, jetzt, da dies gelesen wird, längst alle Indizien und Zeugen weisen. Und in dem sicheren Wissen, seine Folgen, Strafe und Schande, niemals ertragen zu können, darf ich glücklich Freitod begehen, ohne Gefahr zu laufen, meine wesentlichen Beweggründe, also das nicht Bestimmte, durch irgendein weiteres Wort zu verfälschen.